구름 한 점 없는 맑음 2

구름 한 점 없는 맑음 2

초판 1쇄 인쇄_2018년 12월 10일 | **초판 1쇄 발행**_2018년 12월 15일
지은이_세명고 교육동아리 에듀에듀 | **엮은이**_이동진
펴낸이_진성옥 외 1인 | **펴낸곳**_꿈과희망 | **마케팅**_김진용
주소_서울시 용산구 백범로 90길 74, 대우이안 오피스텔 103동 1005호
전화_02)2681-2832 | **팩스**_02)943-0935 | **출판등록**_제 2016-000036호
e-mail_jinsungok@empal.com
ISBN_979-11-6186-039-8 43810

2018 교육부 학생 인문 책쓰기 동아리 선정 도서
왁자지껄 고교생들의 좋은 교사되기 프로젝트

구름 한 점 없는
맑음 ②

세명고 교육동아리 에듀에듀 지음 | 이동진 엮음

꿈과희망

오랫동안 고대해왔던 세명고 교육동아리 에듀에듀의 두 번째 책 '구름 한 점 없는 맑음2'의 발간을 축하합니다.

'에듀에듀'는 우리 학교의 대표적인 교육동아리로 교사가 되기를 꿈꾸는 학생들이 다양한 활동을 통해 노력하고 있는 우리 학교의 자랑입니다. 특히 작년에는 에듀에듀 출신의 많은 학생들이 교대와 사범대에 진학하여 예비교사로서의 꿈을 이루기도 해서 앞으로의 우리 교육을 더욱 기대하게 합니다.

얼마 전 에듀에듀 학생들의 초청으로 우리 학교 공간 문제와 개선 방안에 대해서 함께 토론한 적이 있습니다. 변화하는 시대의 속도를 더디게 쫓아가고만 있는 학교의 현실에 대해 예리한 통찰력과 분석력을 보여준 학생들의 능력에 깜짝 놀라기도 했으며, 그런 학생들의 요구를 힘껏 지원해 주기 위해 더욱더 노력해야겠다고 다짐했습니다.

　아무쪼록 이 책을 읽는 많은 분들이 우리 교육에 대해서 더 깊은 고민을 공유하였으면 좋겠고, 우리 학생들을 통해 무너져가고 있는 공교육에 대한 신뢰가 회복될 수 있도록 큰 응원을 부탁드립니다.

　수고해 주신 지도교사 이동진 선생님께도 격려를 보냅니다.

2018년 가을

세명고등학교 교장 **권석현**

  2016년 우리의 첫 책이 나왔을 때, 아이들의 자부심 가득했던 표정
이 잊히질 않습니다. 그 자부심이 그대로 2년 뒤 후배들에게 전해졌
습니다.

  '책을 쓴다'는 사실만으로 설렘이 가득했던 한 해였습니다. 그리고
그 자부심과 설렘들이 꼭 좋은 선생님이 되겠다는 다짐으로도 이어졌
습니다.

  짧게는 5년 뒤, 또는 10년 뒤. 고교시절 열정적으로 나누었던 교육
에 대한 순수한 고민들을 우리 아이들이 얼마나 가져갈지 생각해 봅
니다. 서로가 버팀목이 되어 지치지 않았으면 좋겠습니다. 이 책 한
권이 큰 힘이 되었으면 좋겠습니다.

  저도 멀리서 계속 응원하겠습니다.

　　우리 아이들의 책이 출간될 수 있도록 힘써 주신 우리 학교 권석현 교장선생님, 충청북도 교육청 김영미 과학국제문화과장님, 김사명, 지선호 장학관님, 조종현 장학사님, 최시현 주무관님, 늦어지는 원고에도 지속적으로 응원해 주신 꿈과 희망의 김창숙 실장님께 아이들을 대신하여 감사인사를 드립니다.

2018년 가을 세명고 도서관에서

지도교사 이동진

이 책을 만든 사람들

〈세명고 교육동아리 에듀에듀〉

3학년 : 김아람 김윤지 이수민 전윤주

2학년 : 고본수 류설희 박지호 박진배 서지현 우현아 최지우

1학년 : 김민서 서유진 안도홍 안민경 육인정 윤민서 이민지

3학년 학생들

2학년 학생들

1학년 학생들

우리가
되고 싶은
선생님

김아람

항상 선생님은 한 명이고 학생들은 많다 보니 모두에게 관심을 섬세하게 못 가져주는 것이 당연하고 이 아이가 무엇을 좋아하고 무엇을 잘하는지 알기가 어렵다고 생각합니다.

그래서 저는 아이들의 특기와 취미를 발견해 주고 꿈과 희망을 무시하지 않고 아이들 한 명 한 명에 맞게 지도하는 선생님이 되고 싶습니다.

특히 유아기 때는 단체생활을 할 준비를 하고 정서와 성격이 형성되는 시기라는 생각이 들어 아이들에게 올바른 생각과 행동을 가르쳐 주어 바른 아이로 자랄 수 있도록 돕고 싶습니다.

김윤지

저는 미래의 교사로서 갖춰야 할 자질에는 어떤 것들이 있을지 고민해 보다 제가 되고 싶은 교사상을 생각해 보게 되었습니다.

그중에서도 가장 중요하고 기본적인 '아이들을 사랑하는 마음'을 바탕으로 엄마 같은 선생님이 되고 싶다는 생각을 했고, 또 친구같이 편안하며 모든 것을 믿고 말할 수 있는 선생님이 되면 참 좋겠다는 생각을 하게 되었습니다.

이 뿐만 아니라 아이들의 참여도를 높이기 위해 수업을 재미있게 하여 교사의 가장 기본적인 능력을 충분히 채울 수 있도록 노력할 것이며, 인사를 받기만을 기다리는 것이 아니라 먼저 웃으며 다가가 반갑게 인사할 수 있는 그런 교사가 되고 싶습니다.

< 내가 되고 싶은 교사상 >

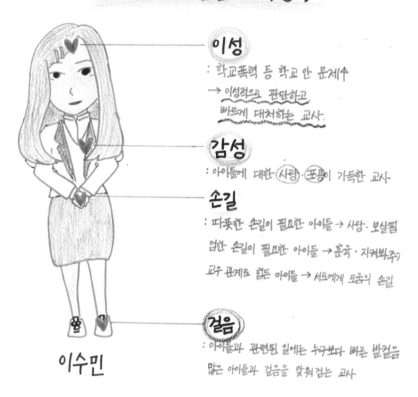

이성

: 학교폭력 등 학교 안 문제↓

→ 이성적으로 판단하고
빠르게 대처하는 교사.

감성

: 아이들에 대한 (사랑)·(포용)이 가득한 교사

손길

: 따뜻한 손길이 필요한 아이들 → 사랑·보살핌
엄한 손길이 필요한 아이들 → 훈육·지켜봐주기
교우 관계로 힘든 아이들 → 서로에게 도움의 손길

걸음

: 아이들과 관련된 일에는 누구보다 빠른 발걸음
많은 아이들과 걸음을 맞춰 걷는 교사

이수민

이수민

저는 어렸을 때부터 유난히 선생님들을 잘 따랐습니다. 많은 선생님들과 친하게 지내면서 한 사람이 다른 사람을 빛나게 만들 수 있는 교사라는 직업을 동경하게 되었고 자연스럽게 교사를 꿈꾸게 되었습니다. 그렇게 오랫동안 교사를 꿈꾼 제가 되고 싶은 교사의 모습은 4가지입니다. 바로 [이성], [감성], [손길], [걸음]을 가진 교사입니다.

첫째, 올곧고 또렷한 이성을 지닌 교사가 되고 싶습니다. 계속해서 늘어가는 학교폭력, 학생 인권 침해, 교권 침해 등 최근의 학교는 교내문제가 더 많아지고 있습니다. 그래서 저는 이러한 문제들을 직시하고 정확하게 판단하여 대처할 수 있는 교사가 되고 싶습니다.

둘째, 따뜻하고 부드러운 감성을 지닌 교사가 되고 싶습니다. 이성도 중요하지만 그만큼 감성도 중요하다고 생각합니다. 항상 아이들을 사랑하는 마음으로 생각과 감정들을 공유하고, 아이들의 작은 실수는 넓은 마음으로 안아주고 감싸줄 수 있는 교사가 되고 싶습니다.

셋째, 상황에 따라 변신할 수 있는 손길을 지닌 교사가 되고 싶습니다. 따뜻한 온정이 필요한 아이들에게는 사랑의 손길을, 반성이 필요한 아이들에게는 훈육의 손길과 그 후에 지켜봐주는 눈길을 주는 교사가 되고 싶고 나아가 서로 간의 갈등으로 힘들어하는 아이들끼리 서로서로 도움의 손길을 내밀어주는 교실을 만들고 싶습니다.

마지막으로 맞춰가는 발걸음을 지닌 교사가 되고 싶습니다. 아이들의 일이라면 가장 빠른 발걸음으로 달려가고, 속도가 빠른 아이들은 빠른 걸음으로, 느린 아이들은 느린 걸음으로 맞춰가는 교사가 되고 싶습니다.

아직은 부족하고 배울 점도 많지만 제 목표를 차근차근 이뤄나가서 언젠가 아이들에게 존경받을 수 있도록 노력하는 교사가 될 것입니다.

전윤주

제가 되고 싶은 교사의 모습은 수업에서는 늘 존경받고 놀 때는 행복을 주는 선생님입니다. 그러기 위해서 저는 선생님이 된 것에서 끝내지 않고 더 많이 공부할 것이고, 아이들이 더 많은 것을 볼 수 있도록 해줄 것입니다. 또 교과공부 뿐만 아니라 진로·진학에도 도움이 되는 이야기를 해줄 겁니다. 그리고 계속 이야기하고 싶은 선생님이 될 것입니다. 마지막으로 꾸중이 아니라 충고를 해주는 선생님이 될 것입니다. 공부를 포기한 학생이 있더라도 그 학생의 의견을 존중해주고 진로와 관심사를 찾는 일을 도울 것입니다. 또 의무감 때문에 듣는 지루한 수업이 아니라 계속 듣고 싶은 수업을 할 것입니다.

분수가

되고싶은

교사상

1. 차별하지 않는 교사
2. 칭찬해주는 교사
3. 엄마같이 편안하고 따뜻한 교사

tuesdays with Morrie

Mitch Albom

POST -IT

BOOK

고본수

저는 우선 차별하지 않는 교사가 되고 싶습니다. 아이들을 어떠한 기준에 따라서 나누거나 차별하지 않고 모든 아이들을 똑같이 사랑으로 대하는 것이 교사의 가장 기본적인 자질이라고 생각합니다.

또한 저는 칭찬해 주는 교사가 되고 싶습니다. 어떤 사람이나 칭찬을 받으면 기분이 좋아지고, 이것이 원동력이 되어 똑같은 일을 할 때에도 더욱 에너지 넘치고 즐겁게 잘 작업할 수 있습니다. 저는 초등학교 5학년 때 선생님께서 소심하고 자신감이 적었던 저에게 매번 칭찬을 해주셨는데, 이 칭찬이 저를 활발하고 자신감 있게 만들어 주었습니다. 저 또한 이런 계기로 아이들에게 자주 칭찬을 해주어 항상 활기찬 반을 만들고, 예전의 저와 같은 아이들에게 용기를 주어 도와주고 싶습니다.

마지막으로, 엄마같이 편안하고 따뜻한 교사가 되고 싶습니다. 엄격하고 낯선 분위기에서는 내가 잘하는 일도 평소보다 더 못하게 되고, 기가 죽을 때가 있습니다. 저는 이런 분위기가 아니라 편안하고 따뜻한 분위기를 형성하여 아이들이 자신의 재능을 더욱 뽐낼 수 있고, 발전시킬 수 있도록 하고 싶습니다. 또한 아이들이 가장 많이 배우는 부모님처럼 아이들에게 많은 것을 알려주고, 교훈을 줄 수 있는 현명한 교사가 되고 싶습니다.

나중에 이러한 자질들을 모두 갖춘 교사가 되기 위해 꿈을 향해 더 나아가고, 제 능력도 더욱 많이 발전시키도록 노력하겠습니다.

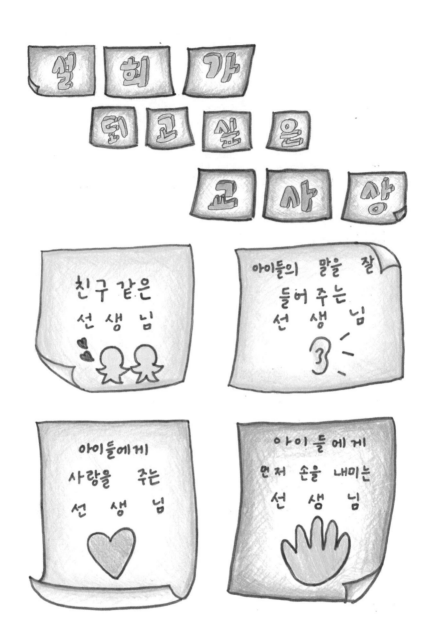

류설희

교사가 꿈인 저는 제가 되고 싶은 교사에 대해 생각해 보았습니다. 저는 초등학교 5학년 때 담임 선생님이셨던 김경은 선생님께 배우면서 선생님이라는 꿈을 꾸게 되었습니다. 김경은 선생님께서는 항상 친구처럼, 언니처럼 학생들을 대해 주셔서 선생님과 친해질 수 있었고 편하고 즐겁게 학교생활을 잘할 수 있었습니다.

학교 선생님이라면 한 번쯤은 생각해 보는 것 중에 학교폭력이 있습니다.

저는 학교폭력을 줄이기 위해서는 선생님의 관심이 필요하다고 생각합니다. 그렇기 때문에 학생들의 말에 귀기울이고 항상 관심을 가져야 한다고 생각합니다.

선생님이라면 아이들을 사랑하는 마음을 가지는 것은 당연한 일입니다. 그래서 저는 아이들을 사랑하고 아끼며 아이들이 행복한 학교생활을 하도록 도울 것입니다.

마지막으로는 먼저 손을 내미는 교사가 되고 싶습니다. 소극적이었던 저에게 김경은 선생님께서 먼저 다가와주시고 용기를 주셔서 학급 부반장이라는 역할까지도 맡을 수 있었습니다. 그렇기 때문에 저는 아이들에게 먼저 손 내밀어 용기를 주는 선생님이 되고 싶습니다.

박지호

제가 되고 싶은 교사상은 먼저, 친구같이 편안한 교사입니다. 권위 있고 엄격하신 선생님도 물론 훌륭하시지만, 학생들과 활발한 소통을 하며 행복하고 편안한 교실을 만들어나가는 교사가 되고 싶습니다.

두 번째로 저는 수업 준비를 열심히 하는 교사가 되고 싶습니다. 남아서 헛되이 쓰이는 수업시간이 없도록 철저히 준비하고 아이들의 질문에도 바로 대답해 줄 수 있는 교사가 되고 싶습니다. 그렇지만 지루한 수업은 되지 않게 각종 매체를 활용하여 재밌는 수업을 하고 싶습니다.

세 번째로 항상 아이들을 웃으며 대하는 교사가 되고 싶습니다. 아이들이 어려워하는 선생님이 아닌 편안하고 상담도 잘해 줄 수 있는 선생님이 되고 싶습니다.

마지막으로 저는 정직하고 청렴한 교사가 되고 싶습니다. 비리와 각종 부정부패 등에 현혹되지 않고 스스로 세운 참된 교사상에 따라 제 소신을 굳건히 지키는 교사가 되고 싶습니다.

서지현

제가 되고 싶은 교사는 첫째, 친구 같은 교사입니다. 중학교 때 선생님께 들은 이야기 중 "학생들을 잘 지도하는 교사가 되려면 방법이 두 가지가 있다. 하나는 정말 엄격하고 무서운 선생님이고, 나머지는 친구 같은 선생님이다."라는 말을 들은 적이 있습니다. 그때부터 저는 꼭 친구 같은 교사가 되어야겠다고 생각하였는데 그 생각을 가지고 선생님들을 둘러보니 친구 같은 선생님은 많았지만 그중에는 정말 자신의 '친구'처럼 느껴지는 선생님이 계셨습니다. 친구들은 그 선생님을 만만하게 보았고 지나치게 도 넘는 태도로 선생님을 대했습니다. 그 모습을 보고 저는 친구 같은 교사지만 적정선을 넘지 않고 존중받을 수 있는 그런 교사가 돼야겠다고 생각하였습니다.

둘째, 성적에 상관없이 학생 하나하나 관심을 기울이는 교사가 되고 싶습니다. 제 초등학교 고학년 때의 선생님은 심화학습 수강 제의, 또래상담활동 제안, 대회 제안 등을 반 1등 학생에게만 제안하셨고 기회조차 받지 못한 학생들이 대다수였습니다. 당시 저는 그 친구가 공부를 잘하니까 라고 생각만 하고 넘길 나이였고 부당한 대우라는 생각은 하지 못한 채 그 학년을 보냈지만 초등학교 졸업 후 같은 반 친구의 이야기를 통해 다시 생각해 보니 선생님의 판단이 잘못되었다고 느꼈습니다. 교사가 되면 학생들을 차별하지 않고 학생 하나하나 관심을 기울여야겠다는 생각을 하였습니다. 저는 교사가 되어서 이 두 가지의 교사상을 꼭 지키며 교직생활을 하고 싶습니다.

현아가 되고싶은 ♡교사상♡

1. 아이들에게 용기를 주는 교사

2. 아이들의 감정을 소중히 여기는 교사

3. 시험이아닌 자신을 위해 공부할수
   있도록 지도하는 교사

4. 수업준비를 열심히 하는 교사

5. 아이들과 친구가 될수있는 교사

우현아

　제가 되고 싶은 교사상 중 첫 번째는 아이들에게 용기를 주는 교사
입니다. 아이들에게 "참 잘했구나!"라는 말로 용기를 주어 아이들 스
스로 발전해 나갈 수 있게 지도하는 교사가 되고 싶습니다. 두 번째로
는 아이들의 감정을 소중히 여기는 교사가 되고 싶습니다. 아이들의
사소한 감정 하나하나 소중히 여겨 아이들을 대하는 교사가 되고 싶
습니다. 세 번째로는 수업 준비를 열심히 하는 교사가 되고 싶습니다.
아이들의 엉뚱한 질문에도 대답해 줄 수 있는 교사가 되고 싶습니다.
또한 각 수업에 적절한 매체를 활용하여 아이들이 지루해 하지 않는
수업을 하고 싶습니다. 마지막으로 저는 아이들이 쉽게 다가올 수 있
는 교사가 되고 싶습니다. 아이들이 친구문제, 가정문제 등등의 문제
로 힘들어 할 때 거부감 없이 다가올 수 있는 교사가 되고 싶습니다.

"내가 되고 싶은 ☆☆☆ 교사상

" The image of a Teacher "

/0526 최지우☺

1 교사가 되고 싶은 이유

- ○ 배움을 통해서 누군가의 인생을 더 가치 있게 만들어 나가는 데 도움을 주고 싶음.
- ○ 초등학생 때부터 친구들의 공부를 도와주면서 보람을 느낌
- ○ 중3 때 아이들을 멘토링하면서 교사라는 꿈을 결심하게 됨.

2 되고 싶은 교사상

~ 배움의 가치를 실천하는 교사 ~ ☆☆☆

| 쉽게 가르쳐주는 교사 | 믿음, 신뢰를 주는 교사 | 누구에게나 공정한 교사 |

3 앞으로의 포부

- ○ 내신, 수능, 동아리 활동에 힘써 꼭 교육대학교에 진학!
- ○ 에듀에듀 활동에 열심히 참여하는 착실한 후배 ☺
- ○ '되고 싶은 교사상'을 이루기 위해 매일매일 공부하고 고민하는 교사될 것!

최지우

    배움의 가치를 실천하는 교사가 되고 싶은 최지우입니다.

    사람은 살아가면서 많은 것을 배웁니다. 그리고 배움을 통해 자신의 삶을 더 가치 있게 만들어 나갑니다. 그 인생을 값지게 만들어 나가는데 가장 중요한 역할을 하는 사람이 교사라고 생각합니다. 그래서 누군가의 인생을 아름답게 꾸려나가도록 도와줄 수 있는 사람이 되고 싶어서 교사라는 꿈을 꾸게 되었습니다.

    제가 되고 싶은 교사상은 크게 세 가지입니다. 쉽게 가르쳐주는 교사, 믿음과 신뢰를 주는 교사, 누구에게나 공정한 교사입니다. 먼저 선생님의 본분은 좋은 가르침을 주는 것이라고 생각합니다. 그래서 매순간을 어떻게 하면 더 잘 가르쳐줄 수 있을지 공부하고 연구할 것입니다. 그리고 단순한 지식 전달만이 아니라 믿음과 신뢰를 주고, 언제나 공정한 태도로 학생들을 대할 것입니다.

    제가 되고 싶은 교사상을 이루기 위해서 매일매일 공부하고 고민하는 교사가 될 것입니다. 저의 이상인 배움의 가치를 진정으로 실천할 수 있도록 열심히 노력하겠습니다.

김민서

제가 되고 싶은 교사상으로 첫 번째로는 다가가기 쉬운 친구 같은 선생님입니다. 친구 같은 선생님이 되어서 사소한 일이라도 얘기 나누며 친구들과 지내는 즐거움 외에도 선생님과 지내는 즐거움을 느끼게 해주고 싶습니다.

두 번째로는 누구에게나 공정한 선생님입니다. 초등학교 시기는 한창 성장할 시기이기 때문에 선생님의 역할이 중요하다고 생각합니다. 선생님이 아이를 차별하면 그 아이에게 상처를 줄 수 있고 아이가 앞으로 성장하는데 많은 영향을 줄 수 있기 때문에 모두에게 공정한 선생님이 되고 싶습니다.

마지막으로는 쉽게 이해시켜주는 선생님입니다. 선생님이라는 직업은 아이들에게 지식, 예의 등 많은 것을 알려줍니다. 그래서 조금 더 쉽게, 이해가 잘 되도록 설명할 수 있는 선생님이 되고 싶습니다.

서유진

저는 소통, 소중, 추억 세 단어로 교사상을 정해 보았습니다. 첫 번째로 학생들과의 소통과 공감을 하는 교사입니다. 요즘 청소년들이 10대 용어를 사용함에 따라 기성세대와 신세대가 서로를 이해하지 못하고 그들의 문화를 수용하지 못하는 세대 차이가 심화되고 있습니다. 기성세대에 속하는 교사는 신세대인 학생들과 소통을 하며 잘못된 언어 사용을 고쳐주고 학생들의 언어문화를 조금이라도 이해해 주어야 합니다. 이렇게 되기 위해서는 교사와 학생이 서로의 사회적 관계를 생각하지 않고 속마음을 털어놓을 수 있어야 합니다.

두 번째로 학생을 소중하게 여겨야 합니다. 학생들은 어린 나이이고 주변 환경에 영향을 많이 받는 시기입니다. 학생들은 하루의 대부분의 시간을 학교에서 보내기 때문에 교사의 역할이 중요합니다. 교사가 아이들을 차별한다면 성장하는 단계를 거치는 학생들은 바르게 성장을 하지 못할 수가 있습니다. 교사는 학생 한 명 한 명을 소중하게 다루고 학생 각각의 장점을 찾아내 주고 응원해야 합니다. 세 번째 친구들과의 좋은 추억을 만들어 줘야 합니다. 학창시절은 인생을 살아갈 때 가장 짧고 돌아가고 싶어도 돌아가지 못하는 시기입니다. 이때 교사가 적극적으로 나서서 사소한 활동이더라도 학생들과의 잊지 못하는 추억을 만들어준다면 학생들은 커서도 그 시절을 떠올리며 즐거웠고 행복했던 선생님과 친구들과의 학창시절을 회상할 수 있을 것입니다.

내가 되고싶은 교사상

내가 되고싶은 교사상

1. 인내심이 깊은 교사

2. 배려를 할 줄 아는 교사

3. 책임감이 강한 교사

1414 안도홍

안도홍

　제가 되고 싶은 교사상은 첫 번째로 인내심이 깊은 교사입니다. 요즘 교사 생활이 힘들다며 얼마 안 하고 그만두는 교사들이 많은데 그런 힘든 일을 다 견뎌 내려면 인내심이 깊어야 한다고 생각합니다. 또 아이들에게 지식을 전달해 줄 때 잘 이해하는 아이들도 있을 것이고 이해를 못 하는 아이들도 있을 것입니다. 잘 따라오지 못하는 아이들에게 무작정 뭐라고 해코지를 하는 게 아니라 인내심을 가지고 아이들과 소통하면서 내가 전달해 주는 지식을 받아들일 수 있도록 도와주는 교사가 되고 싶습니다.

　두 번째로 배려를 할 줄 아는 교사입니다. 먼저 옳고 바른 행동을 보이면 아이들이 이런 모습들을 보고 배우듯이 교사가 먼저 배려심 있게 행동을 해서 아이들이 배려를 할 수 있도록 하는 교사가 되고 싶습니다. 사람이 가지고 있어야 할 성품 중 가장 중요한 것이 '배려'라고 생각하기 때문에 제가 후에 교사가 된다면 내가 맡은 아이들만큼은 예의 바르고 배려심이 넘치는 아이로 만드는 것이 제 목표입니다.

　마지막으로 제가 되고 싶은 교사상은 책임감이 강한 교사입니다. 교사 생활을 하게 되면 담임이란 직책을 맡게 될 텐데 그때 제가 맡은 아이들이 올바른 길을 갈 수 있도록 최선을 다하는 것이 진정한 교사라고 생각합니다. 그러기 위해선 책임감이 강해야 한다는 생각이 들었습니다. 미래에 교사가 되어서 학생 한 명 한 명 다 책임감 있게 이끌어 나가기 위해 지금부터 책임감을 가지고 행동할 수 있도록 노력하고 지금부터 준비해 나가야겠다고 생각했습니다.

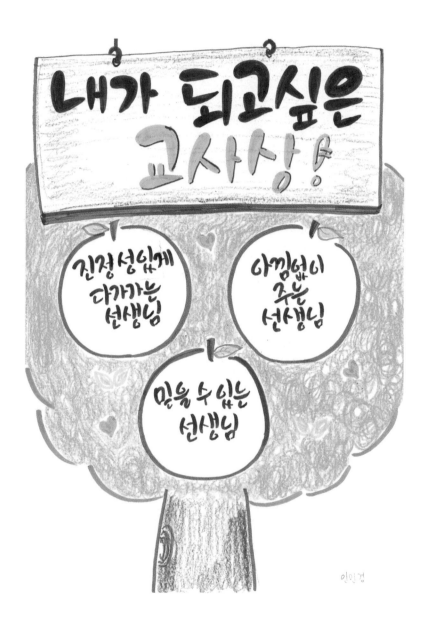

안민경

　보통 사람들이 생각하기에 교사의 자질에서 가장 큰 비중을 차지하는 것은 아이들에게 지식을 잘 전달할 수 있는 능력일 것입니다. 하지만 저는 아이들의 정서에 맞게 잘 다가가는 능력 또한 중요하다고 생각합니다. 그래서 저는 삭막한 학교에서 오랜 시간을 보내는 학생들에게 정서적으로 기댈 수 있는 교사가 되고 싶었습니다. 그러려면 무엇보다도 아이들에게 진정성 있게 다가가야 한다고 생각했습니다. 제가 먼저 마음을 열고 진심을 보여준다면 아이들도 자연스럽게 마음의 문을 열어주지 않을까요? 그리고 저는 교사와 학생의 관계는 강한 신뢰를 바탕으로 이루어져야 한다고 생각했습니다. 선생님을 믿어야만 고민이나 하고 싶은 말들을 할 수 있을 것입니다. 마지막으로 아낌없이 주는 나무처럼 제가 가진 선한 영향력을 아이들에게 아낌없이 나누어야 한다고 생각했습니다. 학생들이 방황하고 고민하고 있을 때 옆에서 아낌없이 좋은 조언을 해주는 선생님이 되고 싶습니다.

육인정

누구에게나 평등한 선생님이 되고 싶은 육인정입니다. 선생님은 아이들이 많이 봐오는 사람 중 한 명이고 그 여린 아이들이 보고 배우기 때문에 선생님의 행동이 아이들에게 가장 중요한 영향을 미친다고 생각합니다. 그러한 이유로 제가 되고 싶은 교사상은 눈치 빠른 선생님, 평등한 선생님 두 가지로 나누어 보았습니다.

첫 번째 눈치 빠른 선생님입니다. 현재 학교를 다니는 학생으로서 선생님께 말하고 싶지만 하기에 두려운 여러 상황들이 있습니다. 예를 들어 왕따나 가족환경, 자신의 고민 등이 있습니다. 선생님께 도움을 요청하고 싶지만 후에 어떻게 될지 몰라 두려워 말 못 하는 말들을 빠르게 눈치채고 잘 대처하도록 도와주는 선생님이 되고 싶습니다. 즉 믿고 털어놓을 수 있는 친구 같은 선생님이 되어 학업에 지쳐 있는 학생들이 학교에서만이라도 편한 학교생활을 할 수 있도록 도와주고 싶습니다.

두 번째로는 평등한 선생님입니다. 종종 공부를 잘하는 학생과 못하는 학생으로 나누어 성적이 조금 낮은 학생들의 행동이 성실함에도 불구하고 차별하는 선생님들을 봤습니다. 이러한 선생님의 행동은 아이들의 학업 성취동기를 약화시킬뿐더러 하루의 반나절 이상을 지내는 학교를 부정적으로 생각하게 만듭니다. 따라서 저는 공부를 잘하거나 못하거나, 성격이 좋거나 나쁘거나 아이들을 차별하지 않고 사랑으로 보듬어주는 선생님이 되고 싶습니다.

내가 되고 싶은 교사상

10416 윤민서

편안한 교사

: 아이들이 속마음이나 고민등을 편하게 이야기 할 수 있는, 함께 있으면 안정 해지는 (어렵지 않은) 교사

올바른 가치관을 가진 교사

: 올바른 가치관과 편협하지 않은 시각으로 올바르게 아이들을 가르칠 수 있는 교사

더 큰 세상을 접할 수 있게 도와주는 교사

: 교과의 내용뿐만 아니라, 나의 경험, 실습, 책, 미디어 등 다양한 방법으로 더 큰 세상을 접할 수 있게 도와주어 꿈을 가지게 해 줄 수 있는 교사

윤민서

제가 되고 싶은 교사상은 첫째, 편안한 교사입니다. 아이들에게 고민이 있거나, 문제가 생겼을 때 아이들이 교사에게 마음을 열고 소통이 원활하게 이루어져야 교사가 도와줄 수 있다고 생각합니다. 아이들이 교사에게 마음을 열기 위해선, 아이들이 교사와 있을 때 편안함과 안정감을 느끼는 것이 중요하다고 생각합니다.

둘째, 올바른 가치관을 가진 교사입니다. 아이들을 가르치고 본보기가 되어야 하는 교사가 가장 기본적으로 갖춰야 할 것이라고 생각합니다. 올바른 가치관을 가지고 편협하지 않은 시각으로 세상을 바라볼 수 있는 교사가 되고 싶습니다.

마지막으로, 더 큰 세상을 접할 수 있게 도와주는 교사입니다. 교과서에 있는 내용뿐만 아닌 나의 경험을 토대로 실습과 현장체험학습, 책과 다양한 미디어 등 다양한 방법으로 큰 세상을 접할 수 있게 도와주어 꿈을 가지도록 도와주는 교사가 되고 싶습니다.

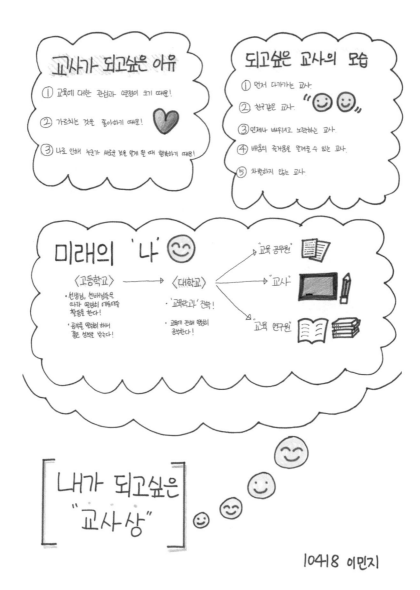

교사가 되고싶은 이유

① 교육에 대한 관심과 열정이 크기 때문!

② 가르치는 것을 좋아하기 때문!

③ 나로 인해 누군가 새로운 것을 알게 될 때 행복하기 때문!

되고싶은 교사의 모습

① 먼저 다가가는 교사

② 친구같은 교사

③ 언제나 배우려고 노력하는 교사

④ 배움의 즐거움을 알려줄 수 있는 교사

⑤ 차별하지 않는 교사

미래의 '나'

〈고등학교〉 → 〈대학교〉 → 교육 공무원 / 교사 / 교육 연구원

〈고등학교〉
· 선생님, 선배님들을 따라 모범히 이동하며 활동을 한다!
· 공부를 열심히 해서 좋은 성적을 받는다!

〈대학교〉
· '교육학과' 진학!
· 교육에 관해 땡땡히 공부한다!

내가 되고싶은 "교사상"

10418 이민지

이민지

저는 교육에 대한 관심과 열정이 어렸을 때부터 매우 컸고, 누군가를 가르치는 것을 좋아하며 저로 인해 누군가가 새로운 것을 알고, 깨달았을 때 뿌듯함과 행복함을 느끼기 때문에 교사라는 직업을 꿈꾸게 되었습니다.

제가 미래에 되고 싶은 교사상은 첫 번째로 선생님을 어려워하거나 내성적인 성격이라 먼저 다가오기 힘들어하는 학생들에게 먼저 다가가 소통하는 교사입니다. 두 번째는 적당한 선을 지키면서 학생들과의 관계가 친구 같은 교사이고, 세 번째는 학생들을 위해서 언제나 배우려고 노력하는 교사입니다. 네 번째는 학생들이 무엇보다 재미있게 학습할 수 있도록 배움의 즐거움을 알려주는 교사이고, 마지막은 제가 가장 중요하게 생각하는 교사의 모습인 절대로 차별하지 않는 교사입니다.

저는 제가 되고 싶은 교사상을 생각해 보며 미래의 저의 모습을 함께 생각해 보았습니다. 우선 현재 고등학교에서는 선생님, 선배님들을 따라 열심히 '에듀에듀' 활동에 임할 것이고, 공부를 열심히 할 것입니다. 그리고 대학교에서는 제가 가장 진학하고 싶은 학과인 '교육학과'에 진학한 후 열심히 공부해 교육에 대해 폭넓은 지식을 쌓을 것입니다. 교육학과를 졸업한 후에는 교육 공무원, 교사, 교육 연구원(교육학자)과 같이 제가 희망하는 교육과 관련된 다양한 직업들 중 대학교 때 배웠던 내용과 겪었던 경험들을 바탕으로 저와 가장 적합하다고 생각하는 직업을 선택한 후 미래 대한민국의 교육을 위해 열심히 일할 것입니다.

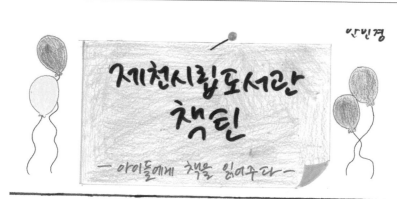

안빈경

2018년 6월 2일 토요일 날씨 : 맑음!

"책" "아이들"

오늘은 요즘 내가 가장 기다리던 봉사를 하러 갔다. 바로 제천시립도서관의 책틴📖 봉사이다. 귀여운 아이들이 쪼르르 달려와서 "언니, 책읽어주세요!"하고 말하면 나는 그 순간이 너무 행복해 웃음으로 맞이한다.💕 또 책을 읽어줄 때면 초롱초롱한 눈으로 나를 바라보는 아이들이 그렇게 사랑스러울 수가 없다. 언제나 날 반겨주는 작은 천사같은 아이들을 또 다음 봉사일까지 기다려야 한다니! ㅠㅅㅠ 매일매일 봉사를 해도 정말 좋을 것 같다. 애기들아 또 보자!!

2018. 07. 23. 월요일

너무 더워서 가만히 있어도 땀이 나는 날씨용

나는 오늘 처음으로 교육봉사를 갔다. 처음 보는 아이들은 활발하게 우리를 반겨줬다. 다같이 놀기 위해 밖으로 나갔는데 1학년 현영이가 내 손을 잡고 같이 놀자고 하였다. 나는 게임을 하는 동안 현영이와 계속 같이 있었다. 현영이는 애교가 많으며 손 잡고 있는 것을 좋아했다. 현영이랑 함께 있다 보니 초등학생으로 돌아간 기분이였다. 봉사를 하는 시간은 생각보다 너무 빨리 지나갔고 너무 아쉬웠다. 다음번 봉사가 설레고 기다려진다.

chapter1

내 인생의
선생님

학창시절 때 존경하거나 감사했던 선생님들을

다시 한 번 떠올리게 해주는 시간을 가져보았습니다.

선생님을 보고 느낀 감정 혹은 선생님께 못다 한 말 한마디 한마디를 적어가면서

선생님에 대한 나의 속마음을 들여다볼 수 있었습니다.

내 장점을 찾아주신 분

• • •

1학년 서유진

나는 내 인생의 선생님이 누구냐고 물어본다면 고민도 없이 6학년 때의 담임 선생님이셨던 지은영 선생님을 내 인생의 선생님이라고 말할 것이다. 17년 동안 살아온 나의 삶은 지은영 선생님을 만나기 전과 후로 나눌 수 있다. 지은영 선생님을 만나기 전의 내 모습은 소심하여 남들에게 말 한마디 먼저 건네지도 못하는, 친구들 앞에 서는 것이 부끄러워 발표도 한 번 해본 적이 없는 그야말로 자존감이라곤 조금도 찾아볼 수 없었던 아이였다. 그래서 지은영 선생님께서는 나를 소극적인 아이에서 바꾸어주기 위해 다양한 활동을 만들어 참여할 수 있도록 하셨다.

선생님께서는 항상 모둠 활동을 통해 모둠원들과 토론을 하게 해주셨다. 토론시간에 친구들과 자연스럽게 서로의 의견을 이야기하고 상대방이 나와 다른 견해를 가지고 있어도 그 상황을 이해하도록 하는 모둠 활동을 하면서 협동이 무엇인지 친구들과의 사이에 배려가 왜 중요한지 알게 해주셨다.

그리고 1주일에 한 번씩 학생이 선생님이 되는 '거꾸로 수업'을 진행해 주셨다. 평소 나는 내성적인 성격 때문에 친구들 앞에 서서 발표하는 것을 두려워하고 무서워하였다. 나는 나의 이런 모습을 지우기 위해 '거꾸로 수업'에 열심히 참여하여 이를 이겨낼 수 있도록 노력하였다. 물론 처음에는 아주 힘들었지만, 이 과정을 반복하다 보니 '거꾸로 수업' 말고도 다른 발표 수업이 기다려지고 재미있어졌다.

마지막으로는 나의 장점을 찾아낼 수 있도록 도와주셨다. 지은영 선생님께서는 매일매일 일기숙제를 내고 검사를 하실 때 아래쪽에 피드백을 달아주셨다. 여느 때처럼 일기장을 돌려받을 때 선생님께서는 피드백 대신 '유진아, 너는 글을 재미있게 잘 쓴다'라는 문장을 적어주셨다. 평소에 하루를 되돌아보며 일기를 쓰는 시간을 재미있어했는데 선생님께 칭찬을 받으니 글쓰기에 대한 자신감을 가지게 되었다. 초반에는 글을 어떻게 써야 하는지, 어떤 내용을 주제로 선정하여 써야 하는지에 대한 어려움이 있었다. 그러나 선생님께서는 방과 후에 남아 어떤 식으로 글을 써야 하는지 알려주셨다. 그 다음부터 학교에서 하는 글쓰기 교내대회에 참가해 수상했고 교외대회도 여러 번 참가하였다.

이러한 1년의 생활을 보낸 후 중학교에 입학했을 때 선생님과 함께 하였던 다양한 활동들로 큰 도움을 얻게 되었다. 한 번도 본 적 없는 친구들에게 먼저 다가가 말을 걸 수 있게 되었고, 1학년 때 반에서 봉사부장을 맡아 열심히 활동하였다. 또 자유학기제 기간에는 발표 수업이 많아서 좋았고 글쓰기 실력을 꾸준히 키워나가 3년 내내 글쓰기 대회에 참가하여 상을 놓쳐 본 적이 없었다.

이렇게 나에게 수많은 도움을 주신 무엇보다도 나의 진로를 초등학교 교사로 확실히 결정하게 해주신 지은영 선생님을 본보기로 하여 나와 같이 내성적인 성격 때문에 학교생활에 잘 적응하지 못하는 아이들에게 힘이 되어주는 초등학교 교사가 되고 싶다.

"선생님이 응원할게!"

· · ·

1학년 이민지

　내 인생에는 선생님이라는 직업이 많은 영향을 끼쳤다. 일단 가족부터 나에게 많은 영향을 끼쳤다. 보육교사로 일하시는 엄마와 어렸을 때부터 선생님이 꿈이었던 언니, 어린이집에서 원감으로 일하시던 막내 이모로 인해 어렸을 때부터 보육 시설이나 유치원 등에서 시간을 보내고 봉사하는 등 여러 경험을 했다. 그러면서 다양한 교육환경을 접했고 교육 쪽에 눈을 뜨게 되었다. 하지만 나에게 선생님이라는 직업을 꿈으로 갖게 해주신 분은 가족이 아니었다. 그분은 바로 중학교 2학년 때 나의 담임 선생님이셨던 장윤희 선생님이시다. 물론 이전에도 지금까지 만났던 다양한 선생님들을 보며 선생님에 대한 꿈을 꾸고 있었다. 하지만 장윤희 선생님을 만나고 나서는 '나도 저런 선생님이 되고 싶다'라는 생각을 하게 되었기 때문에 나에게는 장윤희 선생님이 선생님이라는 직업을 꿈으로 갖게 해주신 분이다. 장윤희 선생님은 젊은 여자 선생님이시고, 과목은 역사를 담당하셨다. 그리고 내 생각에는 만약 우리 학교가 남녀공학이었다면 남자 학생들이 아주 좋아했을 만큼의 예쁜 외모를 가지고 계셨다. 물론 선생님의 이러한 이유로 내가 선생님이라는 직업을 꿈꾸게 된 것은 아니다. 아마 많은 사람이 그 이유를 '수업의 방식이 좋았나?'라고 생각할 수도 있다. 하지만 수업방식도 그냥 여느 평범한 중학교의 역사수업과 다름없는 기본적인 수업방식이었다.

그렇다면 나에게 가장 큰 영향을 끼쳤던 것이 무엇이냐면 우선 첫 번째로 수업 시간뿐만 아니라 담임 선생님으로도 학생들과 시간을 보내며 즐겁고 행복해 보이던 선생님의 모습이었다. 나는 누군가를 가르치는 것 자체를 좋아하고, 나에게 배운 사람이 나로 인해 새로운 지식을 알아가는 것에 큰 보람과 행복함, 성취감을 느끼기 때문에 선생님이 되고 싶어서 하는 것도 맞지만, 사실 내가 선생님이 되고 싶은 가장 큰 이유는 나는 사람과 일하는 것을 좋아해서 학생들, 다른 선생님들과 함께 일하는 선생님의 모습이 좋아 보였기 때문이다.

두 번째 이유를 말하기 전 잠시 다른 얘기를 하나 하자면 나는 어떤 사람이 공부를 잘해서 아주 좋은 직업을 가졌다고 해도 그 직업이 나의 적성과 맞지 않아서 그 일을 할 때 행복하지 않다면 아무런 소용이 없다고 생각한다. 다시 원래의 이야기로 돌아오자면 장윤희 선생님의 모습은 위의 내용과 달랐다. 물론 선생님께서는 공부도 정말 잘하셨지만, 선생님의 학교에서의 모습은 정말 내가 이 직업을 가져서, 이 일을 해서 행복해 하시는 모습이었다. 이게 바로 장윤희 선생님을 보며 선생님이라는 직업을 꿈으로 갖게 된 두 번째 이유이다.

마지막으로, 세 번째 이유는 선생님께서 나에게 해주셨던 말씀이다. 2학년 때 담임 선생님이었던 이유도 있겠지만 내가 선생님을 매우 좋아해서 따라다녔고, 선생님께서도 그런 나의 모습을 좋아해 주셔서 중학교에 다니는 동안 선생님과 참 많은 대화를 나눴었다. 정확히는 기억이 나지 않지만, 중학교 3학년 때 선생님과 얘기를 하던 중 나의 꿈에 관한 이야기가 나온 적이 있었다. 그때 나는 선생님께 나의 꿈이 선생님인 것을 말씀드렸고, 아직 확신이 서지 않았던 시절이기 때문에 걱정되고 두려운 점들을 말씀드렸다. 선생님은 내가 하는 말들을 다 들으신 후에 나에게 이렇게 말씀해 주셨다. "너는 언제나, 뭐든지 열심히 하는 학생이니까 선생님이 되면 학생들을 잘 가르칠 거라고 믿어. 선생님이 응원할게!" 사실 크게 특별한 말은 아니었다. 하지만 나에게는 이 한마디가 큰 힘이 되었고 이 한마디로 좀 더 자신감을 가질 수 있게 되었다. 그리고 아주 큰 동기부여가 되었다. 나도 나중에 내가 가르친 제자에게 저런 말을 해줄 수 있는 교사가 되어야겠다고 말이다.

내가 꿈꾸는 멋진 수학 선생님

• • •

2학년 박진배

　초등학교에서부터 고등학교까지의 학교생활을 통해 지식과 책임 감과 같은 여러 덕목, 그리고 배움에 대해 알 수 있었다. 학교에는 학 생과 학생을 가르치는 선생님, 학교를 이끌어 나가는 교장 · 교감 선 생님이 계신다. 특히 학생들을 가르치는 선생님의 역할은 정말 크다. 아무리 어려운 지식이더라도 쉽고 재미있게 가르쳐주면서 학생들의 이해를 돕고, 아이들의 잘못은 지적이 아닌 고쳐나갈 수 있도록 함께 행동하는 것이 선생님의 본분이다. 하지만 지금까지 학교생활을 비추 어보면 아무리 교사가 학생들의 주의와 관심을 끌기 위해 노력하더라 도 반응이 시큰둥한 학생들이 많았다. 수업 시간에 자고 있거나 짝 꿍과 장난치는 아이들을 보며 속상해 하시던 선생님의 모습을 보면 나도 기분이 좋지 않았었다. 왜냐하면, 힘들어하시는 선생님의 모습 이 꼭 칠판에 나가서 수학 문제를 가르쳐주는 나의 모습 같았기 때문 이다. 중학교 3학년 때부터 수학 선생님이라는 꿈을 꾸게 되면서 나 는 수학 문제를 친구들에게 가르쳐줄 기회가 생기면 주저하지 않고 손을 들었다. 친구들 앞에서 칠판에 수학 문제를 풀어줄 때마다 설레 면서도 내 꿈에 한 걸음씩 다가가는 것 같아 기뻤다. 이 문제는 어떻 게 하면 친구들이 더 잘 이해할 수 있을까 고민하고, 나의 풀이에 친구들이 귀기울여주는 모습을 기대하며 수학 공부를 열심히 했다. 하지만 현실은 내 이상과는 거리가 있었다. 학생들은 내가 아무리 열심히 수학 문제를 풀어주어도 집중하지 않았다. 과연 내가 좋은 선생님이 될 수 있겠냐는 두려움에 많은 고민이 생겼었다. 그래서 존경하는 수학 선생님께 나의 고민을 털어놓았다. 그랬더니 선생님께선 진심 어린 위로와 응원을 해주시고, 좋은 조언도 해주셨다. 또다시 칠판 앞에서 무너지게 될까 두렵기도 하였지만, 선생님의 격려는 내게 큰 힘이 되었다. 그래서 선생님의 조언에 따라, 다시 찾아온 수학 발표 시간에 모둠을 만들어 수학 문제를 게임으로 풀어보는 수업을 해보았다. 그 전에는 내 풀이에 관심이 없던 친구들도 크게 관심을 보였고, 발표는 성공적으로 마무리할 수 있었다. 내가 꿈꾸어왔던 정말 멋진 수학 선생님이 된 것 같았다. 이러한 기쁨은 수학 선생님 덕분이라고 생각한다. 만약 선생님께 고민을 털어놓지 않고 끙끙 앓고만 있었더라면, 그 고민은 내 발목을 붙잡는 커다란 족쇄가 되었을 것이다. 내 인생의 선생님, 수학 선생님의 따뜻한 조언은 내게 새로운 날개를 달아주었다.

앞으로 나는 존경하는 선생님처럼 학생들에게 힘이 되는, 멋진 수학 선생님이 되고자 노력할 것이다. 아직은 머나먼 길이라고 생각되지만, 우리 담임 선생님께서 항상 하시는 '시간을 디자인하라'라는 말씀에 따라 시간을 알차게 활용하여 공부하고, 또 다양한 활동을 참여하며 경험을 쌓아나간다면 언젠가는 이룰 수 있는 꿈이라고 생각한다. 그 꿈에 다가갈 수 있을 때까지, 내 인생의 선생님 말씀을 따라 누군가의 인생의 선생님이 되기 위해 쉼 없이 달리고 싶다.

1O416권민서

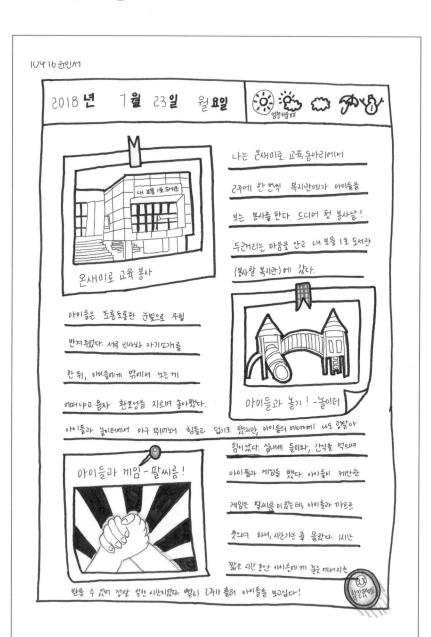

2018 **년** 7 **월** 23 **일** 월 **요일**

엄청 더움 ㅠㅠ

온새미로 교육 봉사

나는 온새미로 교육 동아리에서

2주에 한 번씩 복지관에가 아이들을

보는 봉사를 한다. 드디어 첫 봉사날!

두려리는 마음을 안고 내 보물 1호 도서관

(봉사할 복지관)에 갔다.

아이들은 초롱초롱한 눈빛으로 우릴

반겨주었다. 서로 인사와 자기소개를

한 뒤, 아이들에게 밖에서 노는 게

어떠냐고 묻자 환호성을 지르며 좋아했다.

아이들과 놀기! -놀이터

아이들과 놀이터에서 마구 뛰어보니 힘들고 덥기도 했지만, 아이들의 에너지에 나도 덩달아

힘이 났다. 실내에 들어와, 간식을 먹으며

아이들과 게임을 했다. 아이들이 제안한

게임은 팔씨름이 있는데, 아이들과 까르르

웃으며 하다, 시간가는 줄 몰랐다. 1시간

아이들과 게임 -팔씨름!

짧은 시간 동안 아이들에게 좋은 에너지를

받을 수 있어 정말 알찬 시간이었다. 빨리 2주가 흘러 아이들을 보고싶다!

참 잘했어요

수고했어, 오늘도 #4

10623 육인정

2018 년 7 월 23 일 (월) 요일   날씨 ☀️ ☁️ 🌧️ ☀️

내가 힝얌힝!

GUESS

제목 : 오늘은 즐거운 봉사하는 날

오늘은 온세미로 교육팀원들과 함께 제천 하쏘아동복지관 내보물 1호 도서관에서 봉사를 했다.
오늘은 팀원들끼리 만나는 첫날이면서 아동복지관 아이들과도 처음 만나는 날이라 떨렸다.
처음 우리는 각자 이름을 소개했고 아이들의 이름도 들었다. 나는 팀원들이 회의를 하는동안
밖에 나가서 민서와 함께 아이들을 놀아주기로 했다. 아이들은 놀이터에 가서 '눈술'을
하자고 했다 눈감고 술래잡기는 정말 오랜만이었다. 술래가 몇십번 바뀌고 지친 나는 아이들
에게 다른 놀이를 하자고 했지만 아이들은 땀을 뻘뻘 흘리면서도 하나도 안힘들다고 계속
해서 눈감고 술래잡기를 하자고 하였다. 아이들은 은근슬쩍 실눈을 뜨고 잡았지만 나는 정직
하게 눈을 감고 잡았다. 우리는 실컷 놀고 들어와 팔씨름 대결을 하였다. 성현이는
아이들중에 가장 힘이 쎘다. 팔씨름 대결이 끝나고 자두와 초코파이를 나눠먹었다.
오늘은 땀도 많이 흘렸지만 참 재미있었던 하루였다. 나이차이가 있어서 내가 아이들
에게 잘 대할 수 있을지 걱정했었는데 부장오빠가 잘 놀아줬다고 해서 뿌듯했다.

참! 잘했어요

chapter2

손으로
눌러 쓴
우리의 진심

존경하는 선생님의 모습을 다시 한 번 되새겨보면서 편지를 써보았습니다.

선생님의 말씀이 우리들에게 어떤 영향을 끼치게 되었고

그 시절 쑥스러운 감정 뒤에 숨어 전하지 못하였던

마음을 전할 수 있게 되었습니다.

존경하는 문인자 선생님께 🌸

선생님, 안녕하세요! :)

저 2012년 가온누리 5학년 2반이었던 제자 최지우입니다.

그동안 잘 지내셨는지 궁금해요. 저는 고등학교 2학년이 되어 꿈을 이루기 위해서 열심히 노력하고 있어요. 선생님과 함께 웃고 이야기하던 일이 엊그제 같은데, 벌써 고등학교 2학년이라니 실감이 나지 않네요. 선생님도 그러시죠? 그래도 오랜 시간이 지났지만 선생님과의 추억은 그 빛이 바래지 않고 *반짝반짝* 거리고 있어요.

선생님과 함께 생활했던 5학년 때를 생각하면 즐거웠던 일들만 가득 떠올라요. 그건 선생님께서 정말 5학년 2반을 위해주시고 아껴주시고 그걸 수 있었던 것 같아요. 선생님, 학교 밭에 고구마를 심었던 일 기억나세요? 🍠 그때 선생님께서 밭을 열심히 가시는 모습을 보고 모두가 불도저 같다고 말했잖아요. 정말 선생님은 불도저 같은 분이셨어요. 힘차게 나아가는 불도저!! 제가 낯을 많이 가리는 편이라서 선생님을 만나기 전까지는 새로운 선생님과 좋은 관계를 맺을 수 있을지 걱정이 많이 되었어요. 그런데 첫 날 선생님을 만나고 난 뒤의 정말 안심이 되었어요. ♡ 그동안 꿈꾸어왔던 친구같은 선생님이셨거든요. 수줍음이 많은 제게 먼저 말을 걸어주시고 작은 일에도 정말 잘했다고 칭찬해주셔서 금방 선생님께 마음을 열 수 있었던 것 같아요.

선생님과의 행복한 시간 중에 내성버 이야기한다면 방과후에 선생님, 친구들과 이야기를 나누며 놀았던 일을 빼놓을 수 없을 것 같아요. 5학년이 되고 열이 되지 않아 이사를 해서 바빴던 부모님을 기다리며 교실에 앉아 있는 시간이 많았어요. 그때 선생님과 이야기를 나누며 칠판에 낙서를 하거나 :) 도서실에서 빌려온 책을 읽으며 시간을 보냈는데, 기억나세요? 사실 지금 생각해보면 선생님께서도 업무를 하셔야 하는데 폐를 끼친 것 같아 최송한 마음이 들어요. 그럼에도 그런 내색 많이 저희에게 다정히 대해주셔서 5학년의 추억이 더 깊어진 것 같아요. ♡ 오후 4시의 따뜻한 햇살과 묵주려는 시계소리, 선생님의 웃음 소리가 평온함을 알았는데 좋았던 시간은 왜 이렇게 빨리 지나가는지 모르겠어요. 그 시간으로 다시 돌아갈 순 없어 아쉽고 그리워요. 제가 그때 선생님과 함께 했던 시간 행복했던 것처럼 선생님께도 좋은 기억으로 남았으면 좋겠어요. ♡

그리고 선생님과 함께 쌓아올린 시간들은 제 인생의 새로운 전환점이 되었어요! 사실 선생님을 만나기 전까지는 공부를 왜 해야 하는지, 학교를 왜 가야하는지 알 수가 없었어요. 그냥 모든책 하고 싶은 커다란 벽일 뿐이었고 공부도 그냥 빈약한 껍데기만 있는 공부를 했었고…… 그런데 선생님을 뵙게 된 이후로 학교 가는게 정말 즐거워졌어요!! 그러다 보니까 자연스레 학업에 대해서 더 관심을 가지게 되었던 것 같아요. >< 수학이라면 질색하던 제가 선생님의 수업을 듣고 열의에 불타올라 수학 문제를 끙끙 거리면서도 열심히 풀었더라고요. 어려운 문제에 막힐 때마다 힘들었지만 지금 생각해보면 정말 즐거웠던 것 같아요.

선생님! 제가 선생님께 꼭 말씀 드리고 싶은 게 있어요. 저 지금 생각이요. 저는 꼭 선생님 같은 훌륭한 초등학교 선생님이 되고 싶어요!! 중학교 생활, 고등학교 생활에 힘든 고비가 찾아올때마다 5학년 때 가온누리 었던 그때의 추억을 떠올리며 많이 위로받을 수 있었어요. 저는 사람들이 지치고 힘들 때마다 마음 한 구석에서 따뜻한 추억을 꺼내어 위로 받을 수 있도록, 좋은 추억을 만들어주는 교사가 되고싶어요. 그리고 제게 학교와 공부에 대해서 흥미를 가질 수 있도록 도와주셨던 것처럼 저도 학생들에게 그런 시작의 열쇠가 되어줄래요. 학교 오는게 즐거워질 수 있도록, 배우는 과정 속에서 기쁨을 찾을 수 있도록 물심양면으로 도와주고 싶어요. 지금은 막연한 상상이지만 🌥 선생님을 본받아 열심히 노력한다면 그 꿈을 이룰 수 있을 거라고 생각하고 있어요.

며칠 전에 메일을 정리하다가 선생님과 나눈 몇 통의 메일을 발견했어요. ✉ 길었던 여름방학 그 새를 못참고 선생님과 이야기하고 싶어서 지금 어떻게 방학 생활을 하는지, 허전학까바 둘네 길고양이 이야기도 꺼내며 편지를 썼던 기억이 어렴풋이 나네요. 그때 선생님께서 제 편지를 잊지 않고 답장을 보내주셔서 정말 기뻤어요. 제자의 별 볼일 없는 이야기에도 장문의 정성어린 답 편지를 써주선 선생님의 열정에 비해서 전 아직 많이 부족한 것 같아요. 꼭 멋있는 공부를 하고 꿈을 이뤄서 🌸 자랑스런 제자가 되어 선생님을 만나 뵙고 싶어요. 선생님, 제가 멋진 교사가 되어 찾아갈테니까 그 때까지 안녕히 지내세요. ♡

선생님, 고맙습니다! 사랑해요 ♥

－ 선생님의 "자랑스러운" 제자가 되고싶은,
지우 올림 ♡

장우서 선생님께...

선생님, 안녕하세요. 잘 지내고 계신가요? 저는 선생님과 그년이라는 시간을 함께한 김민서입니다.

2학년 때 선생님을 담임선생님으로 만나 생활하고 3학년 때도 함께 생활한 기억이 아직 생생한데

벌써 졸업을 하고 고등학교 생활한 지 2달이 지나가고 있어요.

고등학교 생활을 하며 중학교 시절을 떠올려보니 친구들과 함께 보낸 시간도 정말 재밌었지만,

선생님과 함께 보낸 한마디의 시간도 정말 재밌고 행복한 기억으로 떠오릅니다.

만약 선생님께서 저희에게 관심이 없었고 열정적이지 않았다면 지금 제 기억속에 있는 중학교 시절의 재미있고

그리운 시간이 절반이상 없어졌을거예요. 그래서 선생님께서 학창시절의 즐거운 추억을 만들어주시고

친구들과 재미있게 보낼 수 있게 해주어서 정말 감사해요. 중학교의 추억처럼 고등학교의 추억도 즐거운 추억만 만들고 싶어요.

그리고 교무실에서 쉬는시간이나 점심시간에 선생님과 이야기 나누며 보낸 것이 너무 그리워요.

여기서는 쉬는시간이 너무 짧게 느껴지고 교무실도 너무 많이 작거지 않게 되는 것 같아요.

교무실에 찾아가면 사소한 일이라도 들어주시고 가끔 먹을 것도 주시고 고민에 대한 조언도 해주셔서 감사해요.

또한 제가 지금처럼 학업에 집중할 수 있었던 것은 선생님의 응원과 조언 덕분인 것 같아요.

2학년 때 부터 시험성적을 알려주시며 3학년 때까지 계속 칭찬해주시고 격려해주시며 하신 선생님의 말씀

한마디 한마디가 저에게 힘이 되고 응원이 되어 향상하는 성적을 가진 수 있었어요.

제일 감사했을 때는 3학년 마지막 시험을 보고 울고 있는 저에게 아몬드를 주시며 점심시간 임에도 불구하고

교무실에서 함께 있어주셔서 감사했어요. 다른 사람들이 봤을 때는 아무렇지 않을 수 있지만

저는 그 당시 선생님께 말씀드리지 못하였던게만 위로가 되었고 정말 감사했어요.

기쁜 소식을 전해드리자면 제가 초등학교 선생님이라는 꿈을 가지게 되었어요. 2년이라는 시간동안 꼭께 고민해주시고

조언해주신 선생님께 여쭈어드리고 싶었어요. 제 꿈을 이루기 위해 공부해야겠다는 목표도 생겼어요.

나중에 선생님이 저에게 좋은 추억을 갖게해주시고 조언과 응원을 해주신 것과 같이 저도 제 학생에게

똑같이 해줘야겠다는 생각도 가지게 되었어요.

3년이라는 중학교 시절 중 2년동안 선생님과 보낸시간은 잊지못할 것이고 제 머리속에 소중한 추억, 즐거웠던 시절로

오래토록 기억하고 간직하고 싶어요.

2년이라는 시간동안 많은 것을 알려주시고 깨닫게 해주셔서 정말 감사하고 칭찬과 격려를 아낌없이

해주셔서 감사합니다.

민서올림

원선미 선생님께

사랑합니다
3학년 3반 ♡

항상 밝은 웃음을 보여주신 원선미 선생님, 잘 지내고 계신가요? 저는 선생님이 아껴주셨던 제자 육인정입니다.

눈이 많이 쌓였던 졸업식 날은 추운 겨울이었는데 어느덧 봄이 지나 여름이 되려고 해요.

졸업식 날은 경황이 없어 마지막 인사도 제대로 드리지 못한것 같아 죄송해요.

선생님께서 고등학교 생활이 생각보다 많이 힘들거라고 하셔서 예상은 했지만 적응하기 까지 정말 힘들었어요.

동중 선생님, 친한 친구 없이 혼자 고등학교에 들어와 모든게 낯설고 힘들었지만 힘들때마다 선생님이 생각났어요.

저에게 도움도 많이 주시고 올바른 길로 이끌어가 주시려던 선생님의 노력이 없었더라면 제가 세명고등학생으로

지내지 못했을거에요. 적극적이지 않던 저에게 편한 환경을 만들어주셔서 학교 생활도 편하게 하고, 기억에 남는

추억들도 많이 남기게 되었어요. 동중 선생님들과 이야기를 주고받으며 수업했던 그 시간이 되돌아보니 정말 좋은

시간들이고 그리운 추억이더라구요. 선생님을 처음 만났을 때 우리 3학년 3반 친구들과 의견이 달라 다툼도 잦고

선생님의 가슴에 못도 많이 박은것 같아서 항상 마음에 걸렸어요. 정말 죄송해요.

다시 처음만난 그 순간으로 돌아간다면 선생님께 더 잘해드리고 싶어요.

이 사과에 그동안 가슴에 박힌 못이, 상처들이 다 아물지는 못하겠지만 선생님의 진심과 헌신에 죄송하고 감사

하게 느끼고 있어요.

선생님과 마지막으로 상담할 때만 해도 롤모델, 하고싶은 일도 없었지만 고등학교에 들어오고 진로에 대해

많이 생각해보니 '원선미' 선생님처럼 반 아이들에게 제 2의 부모 마음으로 다가가 주는 선생님이 되고 싶어서

요즘에는 세명고등학교 교육동아리인 EDU-EDU 에 들어가고 제 꿈을 향해 공부도 열심히 하고 있어요.

제가 선생님처럼 누군가에게 기억이 남는, 또 감동을 주는 선생님이 될 때 까지 지켜봐주세요.

편지를 쓰는 이 날로부터 스승의 날 까지 얼마 남지 않았는데 꼭 선생님께 제 진심을 담은 이 편지를 전해드리고

싶어요. 앞으로 수 많은 제자들을 만나겠지만 항상 선생님을 사랑하는 제자 '육인정'을 잊지 말아주세요.

1년동안 힘들게 철 없던 저를 키워주셔서 감사합니다. 항상 선생님의 은혜 잊지 않고 기억하겠습니다.

사랑해요 쌤 ♥

2018.04.18 (수)
From. 선생님을 존경하고 사랑하는 인정

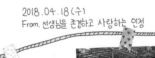

To. 세상에서 제일 존경하는 이지현 선생님께

안녕하세요, 선생님. 저 민영이에요. 제가 중학교를 졸업한 지 3달이 넘어 벌써 입학한 몸이 됐네요. 집 가까이 벚꽃이 참 이뻐서도 펴서 그 한가득 모습을 보고 있다보면 작년 이 맘 때 쯤 선생님과 함께했던 추억이 마구 떠올라요. 벚꽃이 흩날리는 나무 아래에서 선생님과 찍었던 사진도 이제는 먼 옛날 이야기 같은 듯 느껴져요. 학교 친구들도, 선생님도 너무나도 좋아했던 선생님도 너무 그리워요. 그리고 몸 힘들었다 더 따스했던 선생님의 다정한 눈빛도 너무 그리워요.

고등학교에 올라와 새로운 선생님들과 친구들, 더 어려워진 공부, 또 처음해보는 야간 자율학습도 너무 힘들기도 가끔 집에 돌아와 남몰래 숨죽여 울었던 날도 많았어요. 힘들다고 편히 털어놓을 사람도 없이 우울할 때 마다 떠올리던 것이 바로 선생님께서 제가 중학생 시절에 해 주셨던 따뜻한 격려와 응원이었어요. 특히나 "넌 잘 할 수 있을 거야"라는 이 한마디가 또 다시 일어날 수 있는 원동력이 돼요.

그리고 지난 해, 저는 정말로 혼란스럽기 알 그때로 질풍노도의 시기를 겪었던 한 해가 아닐까 싶어요. 오래전부터 희망해오던 선생님이란 꿈이 마구 흔들려 고민이 많았는데 선생님께서 그 때마다 저를 응원해주시고 잘 이끌어 주신 점에 항상 감사하고 또 감사한 마음이 들어요. 너무 지쳐 선생님께 찾아가면 아무 말 없이 그 따뜻한 손빛으로 맞아주시고 아주 다정하게 저를 다독여주셔서 얼마나 많은 힘이 되었는지 몰라요. 그 때 받았던 힘이 지금까지 많은 도움이 돼요.

또 선생님께 가장 감사한 일 중에 하나가 저 자신도 그 상처를 드러내기 두려워 마음 속 아주 깊은 곳에 묻어두었던 것을 잘 끄집어 주신 거예요. 먼지가 쌓이고 쌓여 이제는 생각조차 나지 않는다고 스스로 생각해왔고 사실 정말 다 나았다고 믿고있었다고요. 그런데 알고보니 전혀 그렇지 않더라고요. 때때로 제 자신을 괴롭히며 더 견고하게 문드러져 가고 있었지요. 아마 선생님께서 제게 손 내밀어 주시지 않았다면, 그리고 그 손을 따뜻하게 감싸주시지 않았다면 저는 지금도 고통스러웠을지 몰라요. 항상 감사하고 감사합니다.

한 번 더 계절이 바뀌어 무더워지기 전에 선생님께 한 번 꼭 찾아뵙고 가고 싶어요. 마음 뿐이 드리고 해도 이럼 서로으로는 아직 많이 쌀쌀하니 꼭꼭 건강 유의하시고 행복한 일만 항상 가득하시길 바라요. 저는 예에서 제 꿈을 향해서 열심히 노력해서 먼 훗날 지금보다 더 멋진 사람이 되어 찾아올게요. 그 때도 반갑게 맞아주실거죠. 선생님! 사랑합니다 ♥

선생님을 사랑하는 제자 안민영 올림

To. 지현 선생님
from. 민영 올림

Thank you

68

책 읽어주기

20526
최지우

지우는 책 읽어주기 봉사를 하며 행복하게 잘 살았답니다.

-Coming Soon!

책 읽어주기

선물

#1. 기적의 도서관

처음에는 내가 책을 잘 읽어줄 수 있을지 걱정이 되었다. 평소 책 읽기를 좋아했지만 읽어주는 것은 또 다른 문제고, 무엇보다 내가 쑥쓰러움이 많아서 먼저 다가길 수 있을지도 미지수였다. 설렘과 불안감이 공존하는 가운데 기적의 도서관에서의 책 읽어주기 봉사는 성공적이었다! 물론 처음에는 다가가는 것도 힘들고, 내 형편없는 책 읽어주기 실력에 아이들이 지루해하기도 했다. 하지만 실패는 성공의 어머니이므로 굴하지 않고 목소리도 실감나게, 혼신도 열심히! 하다보니 책 읽어주는게 많이 나아졌다! 그리고 우리 인서♡ 민서가 날 잘 따라와준 덕에 힘을 낼 수 있었던 것 같다. 인서가 읽고 싶은 책을 읽어주고, 배경지식도 쌓아줄 겸 주제와 관련된 이야기를 해주었더니 처음 알았다고 눈을 반짝이는 모습이 심장에 아팠다. 패션 디자이너가 되고 싶다는 인서! 기적의 도서관 공사로 아쉽게 헤어지게 되었지만, 꼭 다시 갈 수 있으면 좋겠다. 그 때는 더 재미있게 책도 읽어주고, 잡다한 상식들도 많이 알려줄거다! 기적의 도서관에서 한 책 읽어주기 봉사는 내게 많은 것을 가르쳐줬다. 부끄러움이 덕지덕지 붙어있던 과거의 내 자신을 벗어던지고, 능숙하게 처음 보는 아이에게도 책 읽어줄까? 라고 묻는 방법, 거절당해도 다른 아이를 찾아 나설 수 있는 긍정적인 자세와 재미있게 책 읽어주는 것까지! 물론 이럭 부족한 점이 많지만, 봉사를 지속하다보면 미래 교사가 되었을 때 든든한 밑바탕이 되어줄 것이라고 믿는다. ♡

#2. 시립 도서관

기적의 도서관 공사로 시립도서관에서 봉사를 이어하기 되었다. 시립 도서관은 기적의 도서관보다 차분한 분위기여서 건강도 되었지만, 기적의 도서관에서 했던 것처럼 열심히 해보자고 다짐했다. 그런데 생각보다 아이들이 많아서 많이 힘들있다 때 물어볼 아이도 많고, 물어봐도 거절을 당하는 일이 많았다. 그래도 몇몇 아이들과는 즐거운 책 읽어주기 시간을 가질 수 있었다! 한 아이는 7살인데도 독서 수준이 높아서 깜짝 놀랐다. 그 아이가 100페이지가 넘는 책을 가지고 오길래 모를 법한 단어들을 하나하나 설명해주며 고백, 1시간을 읽어줬다. 지칠 법도한데 끝까지 집중해서 보는 모습이 예뻤다♡ 그리고 책 읽어주기 말고도 아이들과 놀아주는 것 또한 책 읽어주기 봉사의 일원이었는데...! 탐방 힘들었다.... 방썸 공부도 하고 체력 짱짱한 애기들과 놀아주려니 삭신이 부렸다. 그래도 나중에 부모님들께서 아이들이 정말 좋아했다고 해주셔서 기뻤다. 7~ 또 아이들이 오는 곳이 귀여워서 더 힘을 낼 수 있었던 것 같다. 꼭 체력도 기르고 공부도 열심히 해서 상냥한 친구같은 선생님이 되어야겠다고 생각했다. 시립도서관 책 읽어주기 봉사를 하면서 새로운 꿈이 생겼는데 바로 문예교육을 하는 선생님이다. 봉사를 하면서 독서가 학습의 토대라는 생각이 들었다. 그래서 학생들이 독서에 관심을 가질 수 있도록 독려하는 선생님이 될 것이다. 앞으로도 책 읽어주기 봉사에 성실히 참여할거다!!

chapter3

도란도란
혜윰 나누기

각자 다른 생각을 가지고 있는 사람들과 교육과 관련된

서로의 의견을 나눔으로써 서로에 대해 이해할 수 있었습니다.

최종 결론을 도출해 내는 과정에서 의견을 조율하고 협력을 할 때

우리들의 토론은 진정한 빛을 발하게 되었습니다.

영화에서 찾아보는 교육 이야기

김민서 서유진 안도홍 안민경
육인정 윤민서 이민지

위플래시
강압적으로 학생을 대해야할까?

칭찬과 용기로 학생을 대해야 할까?

SCHOOL of ROCK

영화 '스쿨 오브 락'과 '위플래쉬' 비경쟁 토론

• • •

1. 토론을 위한 키워드 선정

서유진 먼저 자신감 어떨까? '스쿨 오브 락'에서 할 수 있다고 계속 해주고, 뚱뚱한 여자 아이가 자신은 할 수 없다고 하고 자신의 외모와 실력에 자신 없어 할 때 "너같이 좋은 목소리를 가진 아이는 없어."라며 칭찬으로 자신감을 키워줬잖아.

안민경 가르치는 방법도 키워드로 좋을 것 같아. '스쿨 오브 락'은 당근이었다면 '위플래쉬'는 채찍이었잖아.

이민지 두 영화가 공통으로 가지는 성질인 음악도 키워드로 적합한 것 같아.

서유진 두 영화가 공통으로 가지는 거라면 사제관계도 좋을 것 같아.

육인정 나는 타이르는 방법. '스쿨 오브 락'에서는 "괜찮아, 너는 ~가 있어."라고 했는데 '위플래쉬'에서는 오히려 혼내고 화내면서 더 스스로 연습할 수 있게 했잖아.

김민서 그거 좋겠다. '위플래쉬' 주인공은 교수의 그러한 행동 때문에 거의 반항적으로 더 연습했으니까.

서유진 학생들의 장점을 찾아주고 실력을 키워나갈 수 있게 해줬으니 까 발전도 키워드로 좋겠다!

안민경 영화의 배경인 학교도 괜찮을 거 같지 않아?? 두 영화 다 음악이라는 공통된 틀이지만 그 배경이 '스쿨 오브 락'은 명문 초등학교에서 아이들이 선생님의 권유로 어쩔 수 없이 시작하는 거고, '위플래쉬'는 완전 음악을 전문적으로 하는 음악 대학교에서 직업으로 가지려고 하는 거잖아.

서유진 공동체! '스쿨 오브 락'은 다같이 공동체를 이루게 하는데 '위플래쉬'는 주인공 한 명만 가르치는 느낌을 받았어.

2. 키워드를 이용한 토론
  - 토의로 결정된 키워드: 자신감, 음악, 공동체, 사제관계, 발전

(1) 음악

이민지 두 영화의 가장 큰 차이점은 '스쿨 오브 락'은 락이고, '위플래쉬'는 재즈라는 거지!

서유진 평소에 '락'에 대한 선입견이 있었는데 '스쿨 오브 락'을 보고

락이 너무 재밌고, 나도 해보고 싶다는 생각을 하게 되었어.

김민서 나는 '위플래쉬'를 통해서 재즈가 이런 음악이라는 것을 처음 알았어. 그리고 노래가 너무 좋아서 놀랐어.

이민지 맞아. '위플래쉬'에 나왔던 '위플래쉬'라는 노래가 너무 좋았어.

서유진 나는 '스쿨 오브 락'에 나왔던 노래들도 좋았어.

안민경 '스쿨 오브 락'은 자기 자신의 이야기를 노래로 만들어서 더 좋았던 것 같아. 그리고 '스쿨 오브 락'은 완전 자유분방한 노래에 대한 얘기고, '위플래쉬'는 재즈의 정석이었고.

이민지 나는 아무리 생각해도 두 영화는 음악부터 정 반대의 영화인 것 같아.

김민서 맞아. '스쿨 오브 락'을 볼 때는 마냥 재밌게 봤는데, '위플래쉬'에서 연주하는 것을 볼 때는 혹시나 드럼 틀릴까 봐 긴장하

면서 봤었어.

이민지 그리고 두 영화의 주인공들 모두 자신이 연주해야 하는 악기
와 관련된 전문가들의 음악을 들으며 공부하는 모습도 인상
깊었어.

안도홍 나는 '위플래쉬'의 주인공이 손에서 피가 날 정도까지 드럼을
치는 모습도 인상 깊었어. 그런 음악에 대한 열정이 정말 대단
했어.

이민지 그 장면을 보고 우리뿐만 아니라 다른 영화를 보신 분들도 '내
가 저렇게까지 열심히 해본 적이 있었나?'라는 생각이 들었다
고 하더라고.

(2) 사제관계

안도홍 '스쿨 오브 락'에서 선생님은 공부 쪽이 아니라 완전 음악 쪽이
잖아. 그래서 자신의 전문 분야인 음악에 대한 뛰어난 지식으
로 아이들을 더 수월하게 가르쳤던 것 같아.

서유진 이 두 영화를 보기 전에는 교사면 무조건 학생을 진심으로 사
랑해야 하고 학생에게 열정적이어야 한다는 생각을 가지고 있
었는데, 이 두 영화의 선생님은 내 생각과는 좀 달랐잖아. 그래
서 선생님이라는 직업이 무조건 내 생각과는 같지 않아도 되는
구나라는 것을 느끼게 되었어.

육인정 먼저 '스쿨 오브 락'에서는 선
생님이 음악에는 관심이 있었
는데 교육에는 관심이 없었잖
아. 그래서 교육을 더 중시하
던 아이들과 다툼으로 갈등이
많을 것 같았는데 마무리가 잘
되어서 다행이었고, '위플래

쉬'도 선생님이 가르치는 방법이 너무 채찍질하는 방식이어서
학생들과 많은 갈등이 있을 것 같아 걱정했는데 음악이라는
공통점을 가지고 잘 넘어가서 다행이었어.

안민경 '스쿨 오브 락'에서는 선생님과 학생의 관계가 수평적이었다
면, '위플래쉬'에서는 완전 수직적이었잖아. 이런 걸 보면서
선생님과 아이들이 수평적인 관계일 때 더 시너지 효과가 있
고, 아이들과 소통을 할 수 있다는 것을 느끼게 되었어.

김민서 맞아. '스쿨 오브 락'은 수평적인 관계여서 학교가 평화롭지만,
'위플래쉬'는 너무 수직적이라 폭력까지 사용하며 교육하는 모
습이 보기 안 좋았던 것 같아.

이민지 하지만 오히려 '위플래쉬'가 사제관계가 수직적이어서 주인공
인 남자가 더 자극받아서 열심히 노력할 수 있었던 것 같아.
물론 폭력을 사용한 것은 좋지 않지만.

서유진 나는 때로는 학생들을 발전시키게 하려면 선생님의 채찍질도

필요하다고 생각해.

김민서 두 영화마다 영향을 준 요인이 다른 것 같아. '스쿨 오브 락'에
서는 선생님의 열정과 사랑이 큰 영향을 미친 거라면, '위플래
쉬'는 선생님의 채찍질이 큰 영향을 미친 것 같아.

윤민서 물론 두 영화에서 선생님들의 교육 방식은 달랐지만 선생님들
의 열정이 있어서 결국에는 두 영화의 학생들 모두가 선생님
의 가르침을 받아 잘 해내고 성공한 것 같아.

(3) 발전

안도홍 학생의 발전을 생각해 보면 두 영화의 학생들 모두 자신들의
노력으로 실력을 키워나갔어.

서유진 그러한 학생들의 발전에는 선생님들의 역량이 영향을 끼치는
것 같아.

김민서 '스쿨 오브 락' 마지막에 선생님은 1등을 하지 못한 것에 많이
아쉬워했지만, 학생들은 자신들이 무대를 잘 마친 것에 만족
하는 것도 학생들의 발전인 것 같아. 그리고 '스쿨 오브 락'에
서 반장으로 나왔던 여자아이는 완전 공부만 생각하고 다른
것은 하나도 중요시하지 않던 학생이었는데 선생님과 락을 시
작하며 성격이 개방적으로 변했어. 이것도 학생인 반장의 발
전이라고 생각해.

육인정 '스쿨 오브 락'을 발전과  만족이라는 두 관점에서 보면 선생님은 원래 만족 하면서 자신의 락을 연주 하는 생활을 살고 있었잖 아. 근데 돈 때문에 만족 보다는 발전을 선택했다 고 생각해. 이것도 선생님 의 발전이 아닐까?

안도홍 나는 선생님이 백수였다가, 거짓 교사였다가 결국에는 짤리고 나서 다시 학교의 락 밴드 동아리 교사로 들어간 것도 선생님 의 발전인 것 같아.

서유진 정말이지 두 영화는 발전의 방식이 달라.

이민지 맞아. 나는 '스쿨 오브 락'은 선생님의 노력으로 학생들이 발전 을 시작한 것이라고 생각하고, '위플래쉬'는 선생님의 자극 외 에는 완전히 학생이 정말 피나는 노력으로 발전했다고 생각해.

윤민서 정리하자면 '스쿨 오브 락'은 선생님이 발전을 시켜준 거고, '위플래쉬'는 발전을 하도록 자극을 해준 거라고 할 수 있지.

이민지 맞아. 그러면 이 영화에 학생과 선생님 말고 더 발전한 사람들 은 없을까? 나는 교장선생님도 발전한 것 같아

윤민서 나도 그렇게 생각해. 그리고 또 '스쿨 오브 락'의 학생들의 부모님들도 많이 발전한 것 같아.

(4) 공동체

김민서 '위플래쉬'는 밴드 내에서 유대 관계가 하나도 없이 그냥 경쟁의 개념만 있는 것 같아.

육인정 그건 맞지만 '위플래쉬'의 악기들 소리가 뭉쳐져서 한 노래가 만들어지잖아. 나는 이것도 공동체의 개념으로 봐.

서유진 나는 못하면 내쫓아버리는 '위플래쉬'와는 달리 '스쿨 오브 락'은 악기를 잘 연주하지 못하거나, 노래를 잘 부르지 못하는 아이들도 스텝, 조명 등으로 모두 참여할 수 있게 해준 게 좋았어.

안민경 '위플래쉬'는 우리 사회의 공동체에 대한 현실적인 모습을 보여주는 거고 '스쿨 오브 락'은 우리 사회의 이러한 현실을 어떻게 해결해 나가야 하는가에 대한 해결책을 보여주는 영화라고 생각해.

이민지 맞아. 나는 '스쿨 오브 락'을 보면서 학생들이 부러웠어. 저런 모습은 다른 나라는 몰라도 우리나라에서는 비현실적인 모습이잖아.

(5) 자신감

안도홍 그 '스쿨 오브 락'에서 노
래 잘 부르던 뚱뚱한 여자
아이도 선생님 덕분에 자
신감을 많이 얻었잖아.

김민서 맞아. 그리고 피아노 치던
남자아이도 점심시간에 선생님께 가서 못할 것 같다고 말했지
만 선생님이 칭찬과 용기를 얻을 수 있는 말을 해주어서 학생
이 자신감을 얻었었어.

윤민서 기타 치던 남자아이도 부모님의 반대로 할지 말지 계속 고민
했지만 선생님의 열정과 격려, 친구들의 노력하는 모습으로
자신감을 얻어서 계속 했어.

김민서 '스쿨 오브 락'에서 선생님은 자신의 락에 대해 자신이 정말
넘쳤고, 그래서 학생들에게 더 열정과 용기를 줄 수 있던 것
같아.

이민지 그리고 '위플래쉬'에서는 주인공을 포함한 드럼을 치던 3명은
각자 자신들의 실력에 대한 자신감이 넘쳐나는 것 같아.

김민서 맞아. 이런 3명의 넘치는 자신감을 오히려 '위플래쉬'의 선생
님이 채찍질하며 낮춰버린 거지.

3. 두 영화에 대한 총평

이민지   우선 나는 음악영화는 지루하다는 편견을 가지고 있었는데 솔
        직히 두 영화 다 너무 재미있게 봤고, 정반대의 내용이었지만
        은근 교육적인 내용도 많았던 것 같아서 좋았어. 그리고 달랐
        던 학교의 상황으로 폭력적인 요소가 나오긴 했지만 그 대학
        교에서는 최고의 음악가를 성장시키기 위해서 필요했다고 생
        각해. 그래서 나는 '위플래쉬'가 내 인생의 최고의 영화야.

안도홍   반대의 내용을 가지고 있는 '스쿨 오브 락'을 너무 재밌게 봐서
        그런지 '위플래쉬'라는 영화를 이해하고, 감독의 관점과 주고
        자하는 교훈을 찾기가 약간 어려웠던 거 같아.

안민경   음악 영화를 평소에 안 좋아했는데 내가 봤었던 음악 영화들
        중에서는 가장 재밌던 것 같았고, 두 영화가 오히려 상반된
        내용이어서 비교할 수 있었잖아. 그래서 보기에 더 좋았던 것
        같아.

김민서   나는 두 영화 모두 재밌게 봤지만 '위플래쉬'는 너무 폭력적이
        어서 좋게 보지는 않았어. 하지만 '스쿨 오브 락'은 초등학생들
        과 선생님이 함께 유대 관계를 형성하고 같이 연주하는 게 정
        말 좋았어.

육인정   나도 '스쿨 오브 락'이 더 좋았어. 왜냐하면 선생님과 학생들이
        모두 발전하는 모습이 보였기 때문이야. 반면에 '위플래쉬'는

학생은 혼자 노력해서 발전했지만 선생님은 끝까지 발전하지 않은 것 같아.

윤민서 나는 평소에 음악과 교육에 대한 영화를 즐겨봤어. 왜냐면 '위플래쉬'도 극장에서 봤었던 영화였거든. 그리고 '위플래쉬'를 보면서 강압적인 분위기에서 교육하는 걸 보고 나까지 긴장이 되면서 무서웠는데, '스쿨 오브 락'의 선생님은 학생들에게 칭찬을 해주면서 발전시키는 모습이 내가 되고 싶은 교사의 모습과 일치해서 더 인상 깊고, 좋았어.

서유진 '스쿨 오브 락'에서는 피아노를 치는 아이가 자신은 왕따라서 밴드를 못한다고 하였을 때 선생님은 "밴드에 가입되는 순간부터 너는 학교에 킹카가 되는 거야."라고 말해 주고, '위플래쉬'에서는 학생에게 엄격하게 대하여서 그 학생이 자극을 받아 열심히 할 수 있게 해주었어. 이 두 영화는 학생이 가지고 있는 장점을 발견해 그 장점을 키워나갈 수 있게 도와준 교사의 영향이 컸던 것 같아. 그래서 나도 교사가 되었을 때 학생의 장점을 키워나갈 수 있도록 도와주는 교사가 되고 싶다고 생각했어.

학교란 무엇인가

학교란 무엇인가
- 우리 선생님이 달라졌어요-

• • •

전윤주 저는 다섯 분 선생님 중에 심유미 선생님이 가장 기억에 남았
는데 제가 초등교사랑 과학 선생님 둘 다 꿈이어서 더 공감이
갔어요. 이 선생님이 잘 가르치셨잖아요. 제가 지금 선생님 유
형나누길 하고 있는데 저희가 생각하는 아이들이 좋아하는 선
생님 유형에 잘 가르치는 선생님이 있었어요. 그런데 잘 가르
치는 게 문제가 아니라 아이들에게 말을 할 때 너무 세게 하시
는 게 있더라고요. 저도 친구들한테 얘기할 때 별생각 없이 툭
툭 내뱉은 적이 많았고 일단 내뱉고 나중에 다시 생각한 적이
많아서 공감이 많이 됐어요. 고쳐나가실 때 매일 자신이 했던
말 적고 했는데도 방향을 잡질 못하셔서 아이들이랑 말도 안
하시는 게 너무 안타까웠어요. 워크숍 전에는 상처주면 안 된
다는 부담감 때문에 아무것도 하지 못하셨는데 나중에 워크숍
이 끝나고 나서는 해보고 싶은 것이 생겨서 그다음부터는 발
전해 나가시고 아이들이랑 소통도 해나가시는 모습이 너무 보
기 좋았어요. 그리고 김기영 선생님은 잘 웃으면서 얘기하시
는데 수업이 체계적이지도 않고 필기도 정신없이 하시고 움직
이지도 않아서 수업이 귀찮아지고 그랬는데 선생님은 그걸 모

르고 계셨던 거잖아요. 그걸 뒤늦게 깨달으셔서 고쳐 나아가려는 모습이 참 좋았어요. 송현숙 선생님은 아이들과 소통이 없으셨는데 혹시라도 나중에 선생님처럼 됐는데 아이들과 소통을 하고 있다고 나 혼자서 생각해서 그냥 넘어가면 어떡하나 하는 생각이 들어요. 이런 선생님들을 보면서 저도 나중에 제가 수업하는 것을 찍어놓고 전문가 분들이 아니더라도 다른 친구들한테 조언을 구해서 고쳐나가는 좋은 선생님이 되고 싶다고 생각했어요.

선생님 그럼 윤주가 만나본 선생님 중에서 생각나거나 떠오른 선생님 없었어?

전윤주 되게 착하신데 아이들한테 관심이 없으셨던 선생님이 계셨어요. 그니까 착하신데 아이들 사이에서 일이 일어나도 그냥 빨리 넘어가려는 분이셨어요.

선생님 윤주가 자신이 수업하는 걸 찍어보고 싶다고 했잖아. 선생님이 이제 11년차인데 작년에 연구 수업 때문에 처음 수업하는 걸 찍어봤었어. 내가 수업하는 걸 직접 보니까 내 수업의 단점이 그대로 보이는 것 같아. 어떤 선생님은 항상 목걸이에 녹음기를 달고 다니면서 자신이 수업한 걸 녹음해서 들어보시는 분도 계셨어.

전윤주 아 제가 최악이었던 선생님은 수업을 하면서 교과서 밑줄도 여기 했다가 저기 했다가 그러고 프린트물도 여기 봤다 저기 봤다 해서 정신이 하나도 없는 거예요. 가뜩이나 한국사는 애들이 집중을 잘 안 하는데, 그래서 저희가 선생님께 말씀드렸어요. 그냥 교과서로만 나가면 안 되는 거냐고요. 그런데 그 선생님이 그걸 학생부장 선생님께 말씀드려서 저희가 학생부장 선생님께 혼났던 적이 있었어요.

서지현 제가 지금까지 만났던 선생님을 봤을 때 모든 선생님들은 항상 당당하고 자부심을 가지면서 자신의 수업방식에 대해 심각하게 고민을 하시지 않는 줄 알았는데 이 영상에서 목소리를 높게 하자라고 다짐하고 화내지 말자, 학생들 눈 마주치자하면서 어떻게 해야 좋은 수업을 만들 수 있을까라는 고민을 하시는 걸 보니까 교사가 됐다 에서 끝나는 게 아니라 더 좋은 교사가 되기 위해 노력을 해야겠구나 라는 더 넓은 교사의 모습을 보게 되었고 교사의 양면성에 대해서 다시 생각해 보는 계기가 되었습니다.

김아람 처음에 과학 선생님이 나왔을 때 자신이 수업했던 영상을 보고 자신이 이렇게 많이 아이들을 혼내는 줄 모르고 굉장히 자책을 많이 하셨는데, 제 생각은 그렇게 아이들을 혼내지 않으면 흐트러진 수업분위기를 다시 잡을 수 없다는 생각이 들었어요. 그리고 아이들에게 상처를 주는 말을 하지 말라고 한 게 진짜 선생님이라는 직업을 갖고 나서부터는 말하는 단어 하나, 억양 하나, 다 중요하다고 생각해요. 저도 국어 방과 후 시간에 발표를 하게 됐는데 그때 국어 선생님이 저보고 되게 발표 잘한다고 칭찬을 해주셔서 그날 하루 종일 자랑하고 다녔거든요. 그래서 아이들에게는 하는 말이 정말 중요한 것 같아요. 그리고 마지막에 교수님이 아이들이 변화하기 위해서 우리가 먼저 변해야 한다고 하셨는데 진짜 남이 바뀌기 위해서 자신이 먼저 바뀌어야 한다는 걸 많이 깨달았어요.

고본수 저는 선생님들이 교탁에 서서 아이들 앞에서 수업하시는 게 대단하고 어려운 일이라고 생각을 했는데 단점까지 극복하시고 용기를 얻어나가시는 게 정말 인상 깊었습니다. 그리고 제가 평소에 다른 사람들 말 한마디 한마디에 너무 신경을 많이 쓰고 한번 좌절하면 잘 헤어나오지 못하는 그런 단점이 있는데 좌절했을 때 잘 일어날 수 있는 힘을 길러야겠다고 생각을 했고 이번 다큐를 통해서 항상 밝은 에너지와 용기를 가지고 아이들과 가까워지고 소통하는 선생님이 되겠다고 다짐을 했습니다.

선생님 본수가 겪었던 좋았거나 안 좋았던 선생님 있었어?

고본수 저는 초등학교 6학년 때 선생님께서 제가 소심해서 발표를 못
하고 있을 때 먼저 시켜주시고 아까 과학 선생님이 고쳐졌던
것처럼 대답을 하면 칭찬도 해주시고 저의 재능을 아이들 앞
에서 뽐낼 수 있게 기회를 주셔서 자신감을 기를 수 있었어요.
그 뒤로 소심한 게 많이 없어져서 제가 나중에 교사가 돼서 아
이들이 자신감을 얻을 수 있게 해주는 교사가 돼야겠다고 생
각했어요. 안 좋았던 선생님은 아이들이 하자는 대로 다 해주
시는 선생님이었는데 결국에 중간에 선생님이 바뀌셨어요.

이수민 전 이걸 다 보고난 소감은 일단 무섭다는 게 제일 첫 번째인
것 같아요. 저는 요즘 뭘 볼 때 엄청 감정이입을 해서 보는데
이것도 그렇게 보니까 이게 만약 내 상황이라면? 계속 생각해
본 것 같아요. 그 과학 선생님을 보면서 만약에 내가 한 말에
대해서 아이들이 상처를 받고 그것 때문에 트라우마가 된다
면 어떡하지? 이런 생각도 들었고 나는 내 나름대로 아이들에
게 웃어주고 에너지를 준다고 생각하는데 아이들은 그렇지 않
다고 생각하면 어쩌지 이런 생각을 계속 했던 것 같아요. 마지
막에 교수님이 하셨던 말이 다 좋았어요. 아까 아람이도 말했
는데 그 말이 되게 많이 와 닿았던 것 같아요. 저도 선생님이
조금만 바뀌어도 아이들은 많이 바뀐다는 걸 많이 느껴서 그
런 생각이 들었어요. 아까 감정코칭할 때 선생님들한테 감정
은 모두 받아주고 행동은 애들한테 제한을 해야 한다 이것도
되게 맞는 말이라고 생각을 했어요. 아이들이 감정을 표현하

는 거는 어쩌면 사람마다 당연한 거니까 그거는 받아주는 게 맞다고 생각하고 그 감정으로 인해서 이어지는 행동은 제한을 두는 게 맞다는 생각이 들었어요. 그리고 교사코칭할 때 교사코칭목적이 잠재된 능력을 발전해 주는 게 목적이라고, 안 좋은걸 고치는 것보단 잠재된 좋은 능력을 발전시켜주는 거라고 했는데 이걸 교사뿐만 아니라 아이들에게도 하면 좋겠다고 생각했어요. 아이들이 못하는 걸 지적하고 이런 것보다 아이들이 가지고 있는 잠재된 능력을 발전해 줘서 아이들이 더 잘 할 수 있는 능력을 우리가 끌어 올려주는 게 좋겠다고 생각을 했어요.

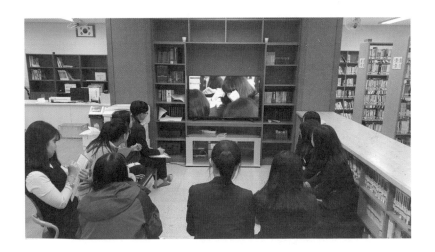

류설희　저는 선생님들이 변화하는 모습을 보고 감동을 받았고 선생님들이 변화하면서 아이들도 많이 변하는 모습에 많이 놀랐습니다. 특히 남자선생님이 아이들한테 웃음으로 대해 주셔서 그게 정말 좋았다고 생각하는데 저도 제 장점이 잘 웃는 거라고

생각해서 나중에 선생님이 되면 아이들에게 잘 웃는 선생님이 되고 싶습니다. 그리고 저는 발표하거나 많은 사람들 앞에서 얘기할 때 눈을 잘 못 마주쳐서 소통이 잘 안 될 것 같아서 그걸 고쳐야 된다고 생각합니다. 그리고 교사코칭이라는 게 아이들에게 잘할 수 있는 것을 발전시키는 거라서 잘 웃는 거나 말을 잘 들어주는 것들을 더 발전시켜서 좋은 선생님이 되고 싶습니다.

박진배 저는 다섯 명의 선생님 중에서 국어 선생님이 가장 기억에 남았습니다. 국어 선생님은 내용 요약을 뒤죽박죽하고 수업을 빨리 마치는 단점이 있는 반면에 활발한 미소를 가졌습니다. 제가 만약 선생님이 되어서 아이들에게 국어 선생님처럼 설명하면 어떡하지? 이런 생각이 들었는데 이 다큐를 보면서 조금 더 학생들과 좋은 관계를 유지하고 상처 되는 말을 하지 않고 칭찬해 주고 일부분의 학생만 이끌지 않고 반 전체를 이끌어야겠다는 생각이 들었습니다. 그리고 현재 지금 세명고등학교 학생으로서 졸지 않고 발표도 열심히 하고 선생님의 수업에 항상 적극적으로 참여해야겠다고 생각이 듭니다.

김윤지 다큐 첫 부분에 스스로의 문제를 인식하는 것이 가장 어렵다고 했는데 그건 교사뿐만이 아니라 우리도 공감되는 부분이 있어서 다큐에 더 집중을 많이 하게 되었어요. 교수님들이 팔짱을 끼고 있다. 눈을 안 마주친다 이런 지적을 하셨는데 송현숙 선생님은 옷이 불편해서 그랬다, 컨디션이 안 좋았다 계속 회피를 하셨잖아요. 저는 그걸 보는데 마음이 많이 아팠어요.

자기 문제를 자기가 받아들이는 게 쉽지 않은 거잖아요, 믿고 싶지 않은 거잖아요. 근데 그것을 받아들이고 더 발전시켜서 학생들에게 좋은 방향으로 수업방식을 바꿨다는 것에서 정말 대단하다고 생각했어요. 그리고 감정코칭할 때 감정은 받아주되, 행동은 받아주지 말라고 했잖아요. 사람이 뭘 하든 감정이 있는데 물건을 깨부수면서 표출하는 애들도 있고 때리는 애들도 있는데 어쨌든 도를 넘지 않게, 선을 넘지 않게 행동의 제한을 두어야 한다는 생각을 했고 좀 뒷부분에 교수님이 선생님에게 학생의 눈으로 자신의 수업을 판단한다고 하셨는데 이거는 이해가 잘 안 됐어요. 그리고 선생님이 기다리지 말고 먼저 다가간다 이 말도 좋았고 과학 선생님이 말을 막 야! 이렇게 험하게 하셨는데 그걸 딱 보는데 제 생각이 났어요. 저는 모르겠는데 제가 말을 툭툭 뱉나 봐요. 엄마가 말 좀 예쁘게 해달라고 그러서서 그걸 보면서 엄마생각이 났어요. 나도 말투를 고치고 부모님뿐만 아니라 친구들한테도 툭툭 뱉는 말이 상처가 될 수 있겠구나 해서 내 말투를 한 번 더 생각해 보고 고쳐야겠다고 생각을 했어요.

최지우 이거 보면서 반성도 많이 하고 많이 배운 것 같아요. 제가 작년에 아이들을 가르칠 기회가 있었어요. 중학교 때 초등학생, 중학생 다 가르쳐봤는데 애들이 진짜 공부를 너무 하기 싫어해서 남자애들은 남자 화장실로도 도망가고 게임하고 막 그랬거든요. 그래서 저도 애들이랑 잘 지내보고 싶어서 초콜릿을 줬는데 애들이 먹고서 쓰레기는 바닥에 막 버려서 상처를 많이 받았거든요. 근데 또 그 남자애들이 저보다 한 살 어린 남자애들 말은 너무 잘 듣는 거예요. 그래서 너무 속도 상하고 내가 나중에 좋은 교사가 될 수 있을까 이런 생각도 많이 했는데 이걸 보면서 제가 아이들의 관계에 대해서 많이 생각을 안 했던 것 같아요. 제가 이제까지 했던 걸 생각해 보면, 애들이 공부하기 싫다고 말하면 모든 말을 다 공부하자고 이어나갔으니까 제가 생각해도 애들이 싫어했을 것 같아요. 무슨 말을 했는데, 아 그러면 공부할까? 그러면서 공부를 시켰으니까 싫어했을 것 같아요. 미안한데 또 마지막에 잘 따라줘서 고마웠어요. 지식전달만이 아니라 아이들과의 관계를 생각하는 선생님이 되라고 나왔거든요. 그래서 앞으로 그 아이들을 다시 가르칠 기회가 생기면 아이들의 대화를 잘 들어주고 눈도 마주치고 아이들과의 관계를 좋게 하는 선생님이 되고 싶어요. 그리고 과학 선생님처럼 자신의 단점을 파악하고 노력하는 선생님이 되고 싶어요. 그리고 입에 손대고 조용히 시키는 거 되게 좋은 것 같아요. 저도 나중에 선생님이 되면 한 번 써보고 싶어요.

우현아 저는 이 영상에서 가장 기억나는 것이 좋은 수업의 핵심은 아이들과의 관계라는 말인데 이 말을 듣고 저는 제가 교사가 되었을 때 아이들과의 관계가 별로 좋지 않았을 때 나 또한 이 영상에 나온 선생님처럼 어떻게 대처해야 할지 모르지는 않을까 라고 생각을 하게 되었어요. 좀 충격이었던 게 선생님이 당연히 혼내야 할 상황에서 혼내셨는데 아이들은 충격을 받고 표정이 안 좋고 상처를 받는다는 게 좀 충격이었어요. 그리고 선생님이 변화함으로써 아이들도 변화한다는 얘기가, 제가 나중에 교사가 되었을 때 심유미 선생님처럼 일기를 매일매일 쓰면서 내가 고쳐야 할 점 그런 걸 계속 피드백하면서 변화하는 선생님이 되고 싶다고 생각하게 되었어요.

나는 어떤 선생님이 될까?

2018년 7월 14일 토요일

벌써부터 마음이 두근두근 거리는 봉사이다. 오늘은 어떤 아이들을 만날까 기대하며 도서관 문을 열었다. 노란색 앞치마를 매고 책정리를 하면서 아이들을 기다리던 중, 귀여운 꼬마 남자아이가 내 앞에 공룡책을 내밀었다. 나는 아이가 책을 재밌어하도록 최대한 실감나게 공룡을 흉내냈다. 책을 읽어주던 중, 또다른 귀여운 꼬마 여자아이가 와서 같이 책을 읽게되었다. 아이들은 서로 금방 친해지며 나를 따라 공룡을 같이 흉내냈다. 그 모습이 아기공룡같아서 너무 귀여웠다. 조금 목이 아팠지만, 책을 읽으며 즐거워하고 같이 따라서 공룡을 흉내내는 모습을 보니까 힘이나서 더욱 열심히, 재밌게 책을 읽을 수 있었다. 내가 미래에 교사가 되어 이런 아이들을 만날 생각을 하니까 너무 기대된다. 교사가 되기 위해서 계속해서 꾸준히 열심히 노력하기로 다시한번 다짐하게 되는 시간이 되었다.

앞으로도 화이팅!!

1414 안도홍

2018년 7월 14일 토요일   날씨: 🌞

오늘 제천 시립 도서관으로 아이들에게 책을 읽어주는 봉사를 하러

갔다. 도서관에 도착하고 책을 읽어달라고 하는 아이가 없어서

아이들이 읽은 책을 정리하였다. 처음에 책을 정리하는 것이

어려웠는데 계속 하다보니까 이제는 잘 찾아서 정리 할 수 있게

되었다. 책도 다 정리하고 조금 쉬고 있는데 나에게 와서

책을 찾아달라고 하는 아이는 많은데 책을 읽어달라고 하는

아이는 없어서 너무 슬펐다. 다음에 올 때는 아이들에게 책을 꼭

읽어줄 것이다!

chapter4

Book적
Book적
작은 도서관

학교 도서관에 배치되어 있는

다양한 교육 관련 서적들을 골라 읽고 난 후

자신의 경험과 관련지어 서평을 써보는 시간을 가져보았습니다.

'학교의 눈물'

SBS 스페셜 제작팀

1학년 서유진

   나는 평소 '학교폭력'과 관련된 다큐멘터리를 쉽게 접할 수 없었다. 학교폭력은 중요한 사회적 이슈이고, 문제가 있다는 것을 누구나 알고 있지만, 학교폭력을 막을 수 있는 대안이 제시되기 어렵기 때문이다. 그래서 나는 학교폭력을 주제로 한 다큐멘터리로 만든 책은 어떨지 단순한 궁금증으로 이 책을 접하게 되었다. '학교의 눈물'은 학교폭력이라는 잔인한 게임에서 마음속 깊은 상처를 입은 피해자와 법정에 서게 된 가해자의 이야기를 담고 있는 책이다. 경찰과 학교가 직접 나서도 멈추지 않는 것, 그것이 바로 학교폭력이라고 생각한다. 놀랍게도 학교폭력 가해자의 대부분은 이전에 학교폭력의 피해자들이었다. 이들은 더 맞기 싫어서, 친구들과 어울리고 싶어서 가해를 선택하게 된 것이다. 왜 아이들은 부모도 모르는 사이에 학교폭력의 가해자가 되고 피해자가 되는 것일까? 우리나라 부모들은 학교폭력이라는 사회적 문제에 대해 무관심하다. 학교폭력을 자신의 아이가 경험할 수 있다는 생각을 하지 않는 것이 가장 큰 이유이다. '부쩍 듬직해진 어깨가 훈훈한 우리 아들들도, 공부를 잘하는 똘똘한 우리 딸들도 어느 날 학교폭력의 가해자가 되어 법정에 설 수 있다'라는 문장이 있다. 학교폭력이 자신의 아이에게 일어나지 않을 것이라고 착각하는 부모들에게 그 착각을 깨주는 문장이다. 말 그대로 공부를 잘하든 못하든 상관없이 누구나 학교폭력의 가해자가 될 수 있다. 부모들은 학교폭력이 자신의 아이에게도 언제든지 일어날 수 있는 문제라고 항상 인식하고 있어야 한다. 하지만 이 방법만으로는 학교폭력을 막을 수 있는 대안이 될 수 없다.

대부분의 학교는 학교 내에서 학교폭력 신고가 활성화가 되지 않고 있다. 왜 학교 내에서 학교폭력 신고가 활성화되지 않는 것일까? 그 이유는 학교폭력 사건이 일어나도 학교폭력 피해자를 외면하는 아이들이 많기 때문이다. 반 안에서는 그들만의 서열이 존재한다. 쉽게 표현하면 일진과 일진이 아닌 아이들로 구분할 수 있다. 학교폭력 피해자를 외면하는 아이들은 만약 학교폭력 피해자를 도와준다면 그 목표물이 자신들에게 향하게 될까 봐 두려워서 선뜻 도와주기 힘들었을 것이다. 중학교 1학년 때 반 안에서 학교폭력이 일어난 적이 있었다. 한 집단 안에서 한 명의 아이를 두고 따돌림을 시킨 것이다. 그때의 나도 학교폭력 피해자를 외면하는 아이 중 한 명이었다. 그렇다면 나도 따돌림을 시킨 아이들과 다를 바 없이 따돌림을 당하던 아이에게 보이지 않는 폭력을 가한 것이다.

이러한 학교폭력을 멈추기 위해 우리가 할 수 있는 것은 무엇일까? 우리는 학교폭력 피해자가 겪고 있는 상황을 자신의 상황처럼 공감할 수 있어야 한다. 2012년 12월 20일, 중학교 2학년 권승민 군이 학교폭력 때문에 스스로 짧은 생을 마감했다. 10대가 자살을 하면 어른들은 이구동성 우리 사회의 문제라 생각하지 않고 아이의 탓으로 돌려버린다. 권승민 군이 남긴 두 장의 유서에는 '매일 맞던 시절을 끝내는 대신 가족들을 볼 수 없다는 생각에 벌써부터 눈물이 앞을 가리네요. 부디 제가 없어도 행복하시길 빌게요'라는 말이 있었다. 잘못하고 벌을 받아야 할 건 가해자인데 왜 항상 비극적인 결말의 주인공은 피해자인 변하지 않는 세상의 이치에 대해 나는 화가 났다. 작년에 큰 쟁점이 되었던 '부산 여중생 사건'은 여고생 10여 명이 한 명의 여중생을 집단 폭행한 사건이다. 가해자들은 피해자의 가방을 뒤져 현금을 빼앗았고 노래방으로 데려간 뒤 감금과 폭행을 하고 담뱃불을 던져 얼굴에 화상을 입히는 등 전치 3주 상처를 입혔다. 이처럼 폭력이 멈추지 않는 학교생활이 계속된다면 아이들에게는 학교가 부정적인 이미지로밖에 인식이 될 수밖에 없다. 아이들이 인터뷰에서 '학교란 무엇이다'라고 표현한 것 중에 한 아이가 '학교란 창틀 안에 갇혀 있는 느낌이에요'라고 표현하였다. 나도 이들과 마찬가지로 학교란 불편한 집이라고 생각한다. 우리 사회의 미래를 만들어가는 아이들이 더 밝은 미래를 꿈꾸어 나갈 수 있도록 도와주고, 아이들의 힘이 되어주고, 아이들을 더 키워나갈 수 있게 관심과 사랑을 줄 것이다. 대한민국에서 살아가는 아이들이 더 마음의 상처를 받지 않도록 즐겁고 편안한 학교를 만들어 주는 밴드 같은 교사가 될 수 있도록 노력할 것이다.

학교의 눈물

SBS 스페셜 제작팀 | 프롬북스

    SBS 스페셜 최고의 화제작『학교의 눈물』. 대한민국 학교폭력에 대한 현주소를 고스란히 담아낸 SBS 스페셜《학교의 눈물》은 방영 당시 큰 화제를 불러 모았다. 학교폭력은 사회의 축소판처럼 세상을 고스란히 담고 있다. 아이들은 학교폭력에 노출되어 있지만 정작 부모와 학교는 아이들의 울음소리를 듣지 못해 도울 수 없다. 이 책은 방송에서 들려주지 못했던 아이들 세계의 구석구석을 세밀하게 소개하여 아이들이 감추고 있는 가시와 같은 고백을 담아냈다.

http://www.kyobobook.co.kr/product/detailViewKor.laf?ejkGb=KOR&mallGb
=KOR&barcode=9788993734294&orderClick=LAG&Kc=

'그후 아이들은 어떻게 되었을까'

안준철

1학년 안도홍

'그후 아이들은 어떻게 되었을까'의 안준철 선생님은 조금 문제가 있거나, 어려움에 처해 있는 아이들에게 지도와 상담을 많이 하신다. 자퇴하려는 아이, 가정에 문제가 있는 아이, 지각하는 아이, 오후만 되면 학교를 빠져나가는 아이, 결석하는 아이 등 많은 아이는 안준철 선생님의 학생 개개인의 성격이나 환경에 맞춘 상담을 통해 스스로 변화해나간다.

안준철 선생님의 일화 중 가장 기억에 남는 것은 선생님이 처음으로 교육 위기를 맞게 된 이야기다. 복도에서 한 남학생이 여학생에게 욕을 막무가내로 하는 모습을 본 선생님은 그 남학생을 지도하려고 부르셨다. 하지만 듣는 채도 안 하고 무시하며 가 버리는 학생의 태도에 선생님은 화가 나서 교무실에 데려가려다가 상황은 더욱 커지게 되었다. 끝내 다른 선생님들의 도움을 받아 선생님은 교무실에서 학생과 이야기를 나누게 된다. 선생님께선 학생을 용서하셨지만 이는 교권을 모욕한 큰일이었기 때문에 학교에선 선도위원회가 열리게 되었다. 남학생은 퇴학을 당할 뻔했지만 당사자이신 선생님은 이 아이를 잘 지도하겠다고 말씀하시면서 그 남학생을 감싸주셨다.

안준철 선생님의 이야기를 보며 요즘 학생들이 어른에 대한 예의나 존경심이 예전만큼 못하다는 생각을 하였다. 학생들의 인권 문제가 대두된 지금, 선생님들께서 함부로 벌을 내리지 못하게 되어서 그런 것인지 학생들은 이 점을 악용해 학생 신분에 걸맞은 학교생활을 하고 있지 않다. 그런데 이렇게 다루기 힘든 학생들도 잘 지도하시는 선생님의 모습을 보고 존경심을 품게 되었다.

그리고 안준철 선생님의 일화도 기억에 많이 남았다. 학년이 마칠 때쯤 선생님께서 아이들보고 서운했던 점이나 하고 싶은 말이 있으면 해달라고 하셨다. 이때 안준철 선생님이 쪽지를 하나 받았는데, 그 내용은 내 이름은 '너'가 아니라 자신의 이름이 있다는 것이었다. 이 쪽지를 본 선생님은 학생들이 자신의 이름을 불러주기를 원한다는 걸 알게 되었다. 그래서 선생님은 이젠 아이들의 이름을 외우기 위해서 매일 눈을 마주치며 출석을 부르려고 노력하고 계신다. 선생님의 이야기를 보면서 교사라는 직업은 참 힘든 일이라고 생각하였다. 주변 사람들이나 선생님들의 이야기를 많이 들어왔었지만, 전혀 실감이 나지 않았었다. 하지만 이 책을 통해서 교사라는 직업이 얼마나 힘든지를 조금이나마 알게 되었다. 평소에 내가 생각했던 교사란 학교에서 학생들과 같이 소통하며 즐거운 수업을 하는 이미지가 있었다. 그러나 그것은 교사에 대한 환상이었다. 현실은 수업해도 아이들의 반응은 없고 잡무들은 넘쳐난다고 한다. 그리고 행정 업무를 보면서 학생들을 지도해야 하기 때문에 정말 힘들다고 한다. 이와 관련된 이야기로 며칠 전 중학교 때 초임 때부터 제가 졸업할 때까지 같이 봬온 선생님께서 교사를 그만두셨다는 소식을 접하게 되었다. 그 이야기를 듣고서 정말 아쉽고 교사 생활이 아주 힘드셨나 하는 생각이 들었다. 또 과연 내가 이러한 고충들을 견뎌낼 수 있을까 하는 의문이 들었다. 그렇지만 '그후 아이들은 어떻게 되었을까'를 읽어보며 용기를 얻을 수 있었다. 안준철 선생님께선 힘든 일이 생길 때마다 학생들을 통해서 극복해 나가셨다. 선생님은 아이들을 진심으로 사랑하는 마음을 가지고, 아이들의 생일마다 아이의 성향에 맞게 직접 시를 써서 코팅까지 한 뒤 아이에게 선물하셨다. 또한 아이들의 고민이나 생활하는 것에 대해 상담을 할 때도 마음을 다하셨다. 이러한 모습을 보며 선생님께서 아이들을 정말 사랑한다는 것을 느낄 수 있었다.

또 봄 소풍 사고를 보며 안준철 선생님의 훌륭함을 다시 한번 깨달을 수 있었다. 봄 소풍을 가는 날 어떤 학생이 갑자기 소풍을 가지 않겠다고 했다. 그 이유가 소풍을 갈 때 입을 옷이 없어서 가지 않겠다고 하는 것이었다. 그런데 안준철 선생님께선 아이들한테 소풍날 베스트 드레서를 고른다고 하셨다. 베스트 드레서의 조건은 바로 새로 산 옷은 안 되고, 오래 걷기 편한 신발과 자신의 개성이 담긴 옷을 입고 와야 한다는 것이었다. 선생님의 기발한 아이디어 덕분에 아이들은 옷을 사야 한다는 부담감도 줄어들었고 행여나 옷을 사지 못한 아이들도 편하게 소풍을 하러 갈 수 있게 되었다. 나는 아직 철이 안 들었던 중학생 때까지만 해도 소풍이라고 하면 매번 옷을 사 입었었다. 하지만 새 옷을 입지 못해 불편해 하는 친구들의 마음은 생각해 본 적이 없었다. 나도 교사가 되어 안준철 선생님께서 베스트 드레서라는 멋진 생각을 내신 것처럼, 학생들을 위해 깊이 생각해야겠다고 다짐하였다.

'그후 아이들은 어떻게 되었을까'를 읽고 내 주변에 안준철 선생님 같은 분이 어디 계실지 궁금해졌다. 그래서 가만히 생각하다 보니 중학생 때 내게 과학을 가르쳐 주셨던 어윤재 선생님이 떠올랐다. 학문쪽으로 다재다능하셨던 어윤재 선생님께 언어와 수학, 과학을 배우며 많은 것을 알 수 있었다. 그리고 선생님은 오랜 세월을 바탕으로

한 삶의 지혜도 많았다. 철없던 나는 선생님의 말씀이 다 잔소리 같다고 느꼈지만 지금 생각해 보니 하나하나가 다 학생들을 위한 이야기였고, 미래에 도움이 되는 충고를 아주 많이 해주신 것이었다. 앞으로 안준철 선생님, 어윤재 선생님께서 학생들에게 먼저 다가가 도움을 주셨던 것처럼, 그분들을 본받아 훌륭한 교사가 되기 위해 열심히 노력할 것이다. 안준철 선생님의 '그후 아이들은 어떻게 되었을까'처럼 나도 누군가에게 나의 교사로서의 이야기를 들려줄 수 있을 만큼 멋진 교사가 되고 싶다.

그후 아이들은 어떻게 되었을까

안준철 / 우리교육

아이들 생일날이 돌아오면 밤을 새워 생일 축하 시를 준비하는 선생님, 가출한 아이에게 끊임없이 이메일로 말을 거는 선생님, 결석이 잦은 아이와 몇 십 바퀴고 운동장을 뛰는 선생님, '아이들을 쉽게 만나지 말자'는 초심을 잃지 않으려고 해마다 아이들 앞에서 친절 서약을 하는 선생님… 인터넷 신문 '오마이뉴스'에 3년간 연재한 〈안준철의 시와 아이들〉의 내용을 추리고 다듬어, 학교와 아이들 사이에 존재하는 서른여덟 개의 키워드에 담았다. 아이들에게 최고가 되라고 하기 보다는 화초에 물을 주듯 자기 삶을 가꾸어 보라고 말하는 선생님, 자신이 최고가 되기보다는 아이들보다 큰 꿈을 갖지 않는 선생님으로 남기를 원하는 지은이의 바람이 담긴 글들이 실렸다.

http://aladin.co.kr/m/mproduct.aspx?ItemId=490512

'죽은 시인의 사회'

N. H. 클라인바움

2학년 고본수

-책에서 본 우리 사회의 '주입식 교육'-

　얼마 전 에듀에듀 동아리 활동 때 팀을 나누어 이야기하던 중, 우리나라의 주입식 교육에 관해서 이야기했다. 우리나라의 주입식 교육은 단기간에 가장 능률적이고 효율적인 학습효과를 기대할 수 있다는 장점이 있지만, 학생의 흥미나 능력을 고려하지 않고 지식을 전달한다는 목적으로 수업을 한다는 단점이 있다. 이야기를 나누면서 나는 진정한 가르침과 배움은 무엇인지 고민해 보게 되었다. 고민하던 중, 책 '죽은 시인의 사회'를 읽게 되었고, 진정한 가르침과 배움의 해답을 찾게 되었다.

　웰튼 아카데미는 많은 학생을 아이비리그에 진학시키는 명문고등학교로 유명하다. 웰튼 아카데미에 새로 부임된 키팅 선생님은 이 학교의 졸업생이고, 이 학교와 반대되는 수업을 진행한다. 수업에서 자신을 '선장님'이라고 부르게 하고, 교과서를 찢으라고 하며, 책상 위로 올라가 사물을 다른 시각에서 보라고 한다. 아이들을 자유롭게 해주며, 자신이 원하는 것을 찾도록 수업을 진행하는 선생님을 따라 아이들은 자기 자신에 대해서 알아가게 된다. 몇몇 학생들이 선생님의 졸업앨범을 보며 '죽은 시인의 사회'라고 쓰여 있는 문구를 보고 '죽은 시인의 사회' 모임에 관한 이야기를 듣게 된다. 아이들은 '죽은 시인의 사회' 모임을 만들어 자작시를 짓고 발표한다. 키팅 선생님의 교육 방식을 좋게 보지 않던 교장 선생님은 닐의 자살을 키팅 선생님의 책임으로 돌리고 키팅 선생님은 학교에서 떠나게 된다. 학생들은 키팅 선생님께 마지막 인사를 하기 위해 책상 위로 올라가 "오 선장님, 나의 선장님"을 외친다.

사실 웰튼 아카데미의 학생들이 교육받는 모습이 우리나라 학생들이 공부하는 모습과 매우 비슷해 책을 읽으며 많이 공감되었다. 그래서인지 주입식 교육을 강조하는 현실에서 자신의 꿈을 포기할 수밖에 없었던 닐의 죽음이 더욱더 안타깝게 느껴졌다.

'죽은 시인의 사회'

책에서는 자유시를 즐기는 비밀 모임으로 등장하지만, 다른 뜻이 있을 것 같아서 제목의 의미를 찾아보았다. 그중 자신의 꿈과 자신의 결정대로 살아가지 못하는 삶을 말한다는 의견이 가장 마음에 와닿았다. 키팅 선생님이 강조한 것은 아이들이 자신 스스로 원하고 결정한 삶이었지만, 책에 등장하는 모든 학생의 교육은 주입식 교육 아래에 놓인 죽은 시인의 사회이다. 대다수 학생이 주입식 교육을 받는 우리나라의 현실도 '죽은 시인의 사회'라는 단어로 표현할 수 있지 않을까 생각했다.

-키팅 선생님의 교육 방식-

"사진에 귀를 대 봐! 어서! 뭐가 들리지?"

학생들은 조용했고, 몇몇 학생들은 주저하면서도 사진에다 귀를 갖다 대어 보았다. 그 순간 어디선가 나지막이 속삭이는 소리가 들려왔다. 학생들은 일순간 알지 못할 전율을 느꼈다.

"카아르페에 디이엠······."

키팅이 쉰 목소리를 내며 나지막이 속삭이고 있었다. 그리고 계속해서 다그치듯 말했다.

"오늘을 즐겨라! 자신들의 인생을 헛되이 낭비하지 마라!"

위의 구절에서 볼 수 있듯이 키팅 선생님은 이렇게 아이들을 자유롭게 하고, 다른 선생님들과는 전혀 다른 방식의 수업으로 아이들의 자신감을 키워주었다. 키팅 선생님은 "내가 바라는 것은 여러분이 스스로 생각하고, 주체적으로 판단하고, 그에 따라 자신 있게 행동하고 말하는 것이 얼마나 아름답고 소중한 것인지를 깨닫게 되는 것이다. 자기 자신의 말과 행동, 스스로 내린 판단과 결정을 진정 사랑하는 사람이 되길 바란다. 누가 어떻게 지껄이든 말과 생각에는 이 세계를 바꿀 만한 힘이 들어 있기 때문이다."라고 말씀하기도 했다.

키팅 선생님이 이런 수업 방식으로 아이들을 가르친 결과, 책의 마지막 부분에선 학생들이 모두 책상 위에 올라가 선생님께 "오 선장님, 나의 선장님"을 외친다. 가장 첫 번째로 책상에 올라간 학생은 토드로, 굉장히 내성적이고 소심한 아이였지만, 반대하는 교장 선생님 앞에까지 나서는 용기 있는 행동을 할 정도로 자신감 있는 학생이 되었다. 토드를 이어 교실 안의 대부분 학생 또한 책상에 올라서서 선생님께 "오 선장님, 나의 선장님"을 외친다. 이것을 통해, 키팅 선생님으로부터 많은 아이가 주체성과 자신감을 얻었다는 것을 알 수 있다.

-배움의 진정한 의미는 무엇일까?-

나는 어렸을 때 사교육을 많이 받았다. 그러다 보니 진정한 배움의 의미를 깨닫지 못했다. 배우는 것의 의미는 무엇이고, 배우는 이유를 생각해 보았을 때, 나의 답은 단지 내가 좋은 대학에 가기 위해서 배운다는 것이었고, 배우는 이유는 나조차도 몰랐기 때문에 답할 수 없었다.

내가 교사를 꿈꾸게 되며 진정한 배움, 그리고 가르침은 무엇인지에 대해 다시 생각을 해보게 되었다. 그래도 명확하게 그것의 의미를 파악하고 있지 못하던 중, 이 책을 읽게 되었고, 책은 나에게 진정한 배움의 의미를 알려주었다.

책을 읽고 난 후 진정한 배움의 의미는 내가 원하는 것이 무엇인지 나 스스로 파악하고, 자신감과 주체적으로 판단할 힘을 기르는 것으로 생각하게 되었다. 지식을 쌓는 것만이 배움이 아니라 지식을 쌓기 전에 나를 성장시키는 것이 진정한 배움이라고 생각한다.

나의 교사상은 아이들을 차별하지 않고, 친구처럼 편하고, 아이들에게 칭찬을 많이 해주는 교사이다. 책을 읽고 난 후 아이들에게 주체적으로 판단할 힘을 길러주고 아이들에게 관심을 많이 가져주는 교사도 나의 교사상에 추가되었다. 잠시 잊고 있었지만 내가 교사를 꿈꾸게 된 계기도 키팅 선생님처럼 나에게 관심을 많이 가져주시고 나의 재능을 맘껏 뽐내도록 도와주신 선생님이셨다. 내가 교사라는 꿈을 꿈꿔오는데 가장 많은 영향을 주신 선생님이시고, 내 인생에 가장 기억에 남고 감사한 선생님이셨던 것을 보니 키팅 선생님의 교육 방식이 아이들에게 굉장히 좋은 방식이라는 것으로 생각했다.

이 책이 교사를 준비하는 사람들에게 필수적인 책이라고 불릴 만큼, 나에게도 내가 교사라는 꿈을 이루는 데에 있어 많은 도움이 되었고, 또 도움이 될 책이다. 아이들을 사랑하고, 아이들에게 더 밝은 미래를 만들어주는 교사가 될 것을 다짐하며 더욱 노력할 것이다.

죽은 시인의 사회

N. H. 클라인바움 | 서교출판사

　동명의 영화『죽은 시인의 사회』로 널리 알려진 원작소설로 명문고인 미국 웰튼 아카데미에 새로 부임해온 국어교사 존 키팅과 6명의 제자들이 펼치는 가슴 뭉클한 교육 소설.

　졸업생 70% 이상이 미국의 최고 명문대학으로 진학하는 웰튼 아카데미는 전원 기숙사 생활을 하면서 철저하고 엄격한 교육을 통해 오직 명문대 진학을 목표로 한 고등학교다. 그런 웰튼 아카데미에 이 학교 출신 존 키팅이 국어교사로 부임한다. 키팅 역시 웰튼 아카데미 출신의 수재이지만 색다른 교육 방법—즉 앞날을 스스로 설계하고 그 방향대로 나아가는 일이야말로 세상 그 어떤 것보다 소중하다고 가르치면서 학생들의 마음에 새 바람을 일으킨다.

http://www.yes24.com//Cooperate/Naver/welcomeNaver.
aspx?pageNo=1&goodsNo=1377517

'풀꽃도 꽃이다'

조정래

2학년 서지현

　이 책은 조정래 작가가 쓴 소설로 작가는 '풀꽃도 꽃이다1'을 통하여 우리나라 초중등교육 현장과 그 문제를 적나라하게 지적하고 우리나라 사교육 문제를 바라보고 있는 관점을 작품 속 인물들을 통해 표현하였다. 강교민이라는 한 남자 선생님이 왕따, 은따를 당하는 학생에서부터 부모가 아이를 소유물로 여겨 괴롭히는 학생, 자살을 시도한 학생까지 많은 학생의 상황을 접하며 문제를 해결해나가는 이야기이다. 즉 강교민이란 이상적 교육자상을 설정하고 그의 말을 통해 사교육 문제의 책임 당사자인 정부, 교육부와 학교, 학부모들의 행태와 일제고사, 영어몰입 교육, 자사고 확대 등으로 학생들에게 무한대의 경쟁을 초래한 것을 비판하고 있다.

　이 책에서 가장 인상 깊었던 구절은 '나무는 왜 흔들릴까'라는 첫 번째 이야기에 있었다. 특정한 학생을 대상으로 했던 이야기가 아닌 전체 학생과 관련된 이야기였는데 학교가 모의고사를 본 뒤 전교 석차를 모두에게 공개한 것이 사건의 발단이었다. 당연히 학생들의 원성은 자자했다. 강교민은 이러한 행위는 일본에 식민지 당했을 때의 잔재이며 아이들에게 불행에 빠트리며 학교가 학생들을 행복하게 만들어야 할 의무는 있어도 불행하게 만들 권한은 없다고 항의하지만, 교장과 언성만 높인 채 깔끔히 끝맺지 못하고 이야기를 끝냈다. 강교민은 교장실에서 나온 후 교실에 들어서며 아이들에게 격려의 말을 써놓고 수업을 마친다. 그 격려의 말은 '인간의 가장 큰 어리석음 중 하나는 나와 남을 비교해가며 불행을 키우는 것이다'였다. 남들과 성적을 비교해가며 열등감을 느끼고 좌절감을 느끼는 현실이 옳지 않다는 것은 기초적, 기본적인 이야기지만 이렇게 막상 지적하는 말을 읽으니 다시 되새기게 되고 감탄하게 되었다. 정말 멋있는 구절이다.

다음으로 가장 인상 깊었던 이야기는 '나는 나야'라는 이야기였다. 강교민 친구 아내인 최미혜 이야기로 딸을 유치원 때부터 과외 뺑뺑이를 돌려오던 부모였다. 갈수록 엄마의 공부 뺑뺑이와 속박, 구속이 심해지자 딸은 더 참지 못하고 반항하였다. 이 부분에서 부모의 입장에서는 딸에게 도움이 되는 좋은 일을 해준다는 생각을 하지만 딸의 입장에서는 '속박', '구속'이라고 느끼는 상황이 안타까웠었다. 딸이 이러한 반항을 하고 있던 때 부모님은 딸의 국어 수행평가 과제로 인해 딸이 진정으로 원하는 미래의 직업이 디자이너라는 것을 알게 되었다. 그러나 부모는 딸의 꿈인 디자이너를 무시하고 명예, 돈, 권력을 가진 직업을 강요하여 딸과 또 한 번 갈등한다.

부모가 자녀의 흥미, 가치관이 아닌 돈, 명예, 권력에 영향을 받아 직업을 선택하게 하는 것, 중학교 3학년이지만 아침 7시부터 밤 11시 30분까지 빽빽하게 공부하는 것 부모의 과도한 욕심과 속박, 구속이라고 볼 수 있지만, 이 부모가 이러한 관념을 가지게 된 계기는 무엇일까? 나는 사회의 속박 때문이라고 생각한다. 돈, 권력, 명예, 좋은 학력을 우대하고 찬양하며 돈이 없고 권력 없고 낮은 학력은 무시하고 배제하는 이러한 사회 때문에 부모가 자신의 자녀를 위해서 교육을 강화하고 그것으로 자녀는 괴로워해야 하는 악순환이 초래되는 것 같았다. 빨리 이러한 문제가 해결되었으면 한다.

또 다른 인상 깊던 이야기는 '자발적 문화식민지'라는 이야기이다. '포먼'이라는 외국인 강사가 등장한다. 포먼은 백인, 푸른 눈, 금발을 좋아하는 한국 사람들의 유별난 편견은 바로 흑인을 무조건 싫어하는 편견으로 이어져 있다고 지적한다. 사실 흑인에 대한 인종 차별은 미국이 대표적이라고 여기지만 한국의 흑인 차별에 비하면 아주 인간적인 편이다. 미국에서는 각 분야에서 성공해 명성을 날리는 흑인들이 매우 많다. 최초의 일이긴 하지만 흑인이 대통령으로 뽑히기도 했다. 그런데 한국에서는 흑인을 차별하거나 멸시하는 정도가 아니라 아예 그 존재 자체를 인정하려고 하지 않는 극심한 편견을 드러낸다. 가끔 외국인들이 등장하는 TV 프로그램에서 대부분이 백인들이고, 동양인이 한둘 등장한 상태에서 흑인은 마지못한 구색 맞추기로 단 한 명이 끼어있는 정도였다. 그런 흑백 차별은 도심의 큰길에서도 노골적으로, 예사로 드러나고 있다. 서울의 전통 거리인 인사동 같은 데서는 외국인 관광객을 언제나 만날 수 있었다. 거기서 서너 명씩 짝지은 여학생들이 친절하게 백인들에게 인사하고 말을 거는 것을 흔히 볼 수 있다. 영어 회화 실습을 해보려는 용기 있는 시도인 셈이다. 그런데 그들이 흑인을 대하는 태도는 정반대였다. 그들은 흑인을 미리미리 피하고 분명 영어로 무엇을 물으며 도움을 청하는데도 그들은 슬슬 피해 가기 바빴다. 또한 한국에 와 있는 원어민 교사들은 정부가 그 수를 파악하지 못한 정도로 많다. 사교육 영어 학원들이 서울에서부터 지방의 도시들까지 헤아릴 수 없이 많기 때문이다. 그런데 흑인 교사들은 아주 드문드문 박혀 있다. 이렇게 한국인들이 흑인 차별을 하는 이유는 한국인들만의 두 가지 착각 때문이다. 첫 번째 착각은 자신들이 흑인보다 훨씬 우월하다는 믿음이다. 그것은 자신들을 백인

다음가는 존재로 자리매김하는 것이다. 그리고 두 번째 착각은 자기들이 미국을 비롯해 서양 여러 나라에 대해 잘 알고 있는 것처럼 서양 사람들도 자기들에 대해 잘 알고 있을 것이라는 믿음이다.

사실 한국 지식인들은 미국에 대해서 미국 사람이 깜짝깜짝 놀랄 정도로 잘 알고 있었다. 바로 한국 암기 교육의 효과 덕분이다. 그러나 그들의 관심만큼 미국 사람들은 한국에 대해서 아는 것이 없었다. 이것은 미국과 대한민국의 지식 차이가 아니라 관심과 무관심의 차이이다. 한국 사람들이 미국에 100의 관심이 있다면, 미국 사람들은 한국에 대해 무관심 100을 가지고 있다. 안쓰러운 것은 한국 사람들은 결코 그 사실을 믿으려고 하지 않는다. 일반인들은 그렇다 하더라도 식견 있는 지식인들까지도 그런 사실을 사실대로 파악하지 않고 한국적 착각을 계속하고 있는 것을 미국 박사 학위까지 받은 어떤 사람들은 이렇게 진단하기도 했다. '치유 불가능한 열등감과 선망', '분단 상황이 일으킨 의존성'이라고. 이 부분을 읽고 나는 조금 충격적이었다. 미국이 우리나라가 미국에 관심을 가지는 것만큼 우리에게 관심이 있다는 생각은 않았다. 그러나 우리나라 입장에서 아프리카의 가봉 같은 나라에 100으로 무관심한 듯이 미국도 한국에 100만큼 무관심하다는 사실에 놀랐다. 이 '자발적 문화식민지'라는 이야기는 우리나라가 미국의 자발적 식민지라는 내용을 구체적으로 설명해 주었다. 이 이야기에 미국식 발음을 위하여 혀 수술까지 시킨다는 내용이 나왔는데 정말 자발적 문화식민지의 대표가 아닐까 생각했다.

앞에서 소개한 내용 이외에도 강교민은 왕따를 당했지만, 그 괴롭힘 받을 만큼의 고통만큼 의사가 되는 고통이 크지 않을 거냐고 위안하면서 왕따를 당한 과거에 발목 잡히지 않고 희망을 잃지 않으며 앞으로 나아간 학생, 학원을 끊고 나서 친구들 사이에서 은따를 당한 학생, 부모님과 갈등을 겪는 학생 등 많은 교육에 관련된 사회, 개인을 잘 알 수 있었다. 특히 다양한 유형의 갈등을 가진 학생들 이야기가 많아서 만약 저 학생의 처지였다면, 만약 내가 강교민이었다면 이라는 상황을 가정하여 고민해 보았는데 상당히 흥미로웠고 유익하였던 것 같다. 다음권인 풀꽃도 꽃이다 2권을 더 흥미를 느끼고 재미있게 읽을 수 있을 것 같다.

풀꽃도 꽃이다

조정래 | 해냄

　손자를 맞이한 후 유아기부터 시작되는 온갖 사교육의 실태를 파악한 저자가 3년간 집중적으로 자료를 조사하고 각급학교와 사교육 현장을 찾아가 관련 종사자를 취재한 후 소설의 틀을 짜 지난해 말부터 본격적으로 집필에 돌입해 펴낸 작품이다. 저자는 이 작품을 통해 전국 680만 초중고생들이 자신의 꿈과 미래를 선택할 기회조차 얻지 못하고 오로지 대학이라는 한 길만 바라보며 달리는 비통한 현재를 진단하고 우리 모두 함께 그려야 할 대한민국의 미래를 제안한다.

http://www.kyobobook.co.kr/product/detailViewKor.laf?ejkGb=KOR&mallGb
=KOR&barcode=9788965745617&orderClick=LEB&Kc=

'서울 여자, 시골 선생님 되다'

조경선

현재 한국 교육은 개선되어야 할 점이 많다. 초등학교 교사가 꿈인 나로서는 더욱더 교육 문제에 관심을 가질 수밖에 없다. 이 책은 국어교육과를 졸업하고 평범한 가정주부였던 저자가 기간제 교사 제의를 받고 임용고시에 합격해 국어 선생님이 된 것에서부터 시작한다. 실제 교사의 관점에서 바라본 우리나라 교육제도의 문제점, 학생들의 태도 등이 담겨 있었고, 아이들의 모습을 더욱 솔직하고 자세히 표현되었기 때문에 내게 교사라는 직업이 무엇인지 알려준 큰 도움이 되었던 책이었다.

제일 마음에 들었던 부분은 바로 이 구절이다. "공부를 못한다는 것은 공부 말고 다른 재능이 있다는 것인데 말이다.", "소수의 학생이 1등급을 받는 것보다 다수의 학생이 과목에 흥미를 느끼고 공부 방법을 알아가며 조금씩 실력이 향상되었으면 한다." 실제 선생님의 고민을 이 책에 솔직하게 말하고 있는 것이 느껴져서 이 책에 좀더 집중하고 읽을 수 있었던 것 같다. 그리고 학생들에 대한 선생님의 사랑과 배려가 녹아들어 있는 사제동행, 수학여행 등의 여러 경험담은 미래의 선생님이 되어 있을 나에게 학생들을 잘 이끌어 가는 데 많은 도움이 될 것 같았다.

책을 읽으면서, 조경선 선생님의 가치관을 이해하며 나는 내가 지금까지 만났던 많은 선생님을 떠올리게 되었다. 내 소망은 꼭 선생님이 되어 학생들에게 평생 좋은 선생님으로 기억되는 것이다. "자신을 사랑하고 당당하게 살아갈 수 있도록 교사는 이 아이들의 의식을 깨우지 않으면 안 된다.", "학생들의 좋아하는 선생님들의 모습, 그것을 일관되게 실현하기 위해서는 현재 교육제도와 풍토가 바뀌어야 한다.", "아이들의 성장과 변화는 워낙 더디고 작아서 눈에 잘 안 보이리라. 그러니 서두르지 말아야 한다." 이 세 구절이 나에게 교사가 해야 할 여러 의무를 마음속에 새겨주는 것 같아 이 책에 고마움을 느꼈다. 미래에 선생님이라는 꿈을 이루어서 조경선 선생님처럼 열정이 넘치고, 학생들에게 존경받는 교사가 되어야겠다고 생각했다.

그리고 선생님의 수업에 대한 열정과 항상 좋은 수업을 위해 연구하고 어떻게 하면 학생들이 수업에 집중하며 잘 따라올 수 있을지도 고민하는 모습이 참 멋지다고 생각했다. 조경선 선생님과 같은 생각을 가지고 열정적인 선생님들이 우리 사회에 늘어났으면 좋겠다는 생각이 들었다.

또한 현재 입시제도에 대한 비판도 나와 있어 내가 겪고 있는 상황에 이 책의 저자가 공감해 주는 것 같아 위로되었다. 입시를 위한 잠시 지나쳐가는 학교가 아닌, 누구에게나 인생에서 한 번뿐인 학창시절을 더 빛내줄 수 있는 공간이 학교가 되었으면 좋겠다는 생각이 들었다. "누구나 많은 시험을 치르고, 그 진흙밭을 넘어서 어른이 된다." 이 부분은 나에게 시험에 대한 불안, 걱정을 떨쳐버리라고 말해주는 것 같아서 많은 힘이 되었다.

현재 많은 교육 문제들이 나타나고 있고, 저출산으로 감소하는 학생 수, 도시에 몰리는 선생님들로 인해 우리나라 교육의 장래는 밝지 않으리라고 보인다. 이 해결 방안으로 한 학급당 학생 수를 줄이고 시골 지역 학교 선생님들의 복지를 보장해 준다면, 도시에 집중되는 교육열과 비슷하게 시골 지역에서도 교육이 활성화되고 서울지역과 동등하게 교육을 받을 수 있는 교육 평등화가 이루어질 것이다. 이러한 밝은 교육의 미래를 꿈꾸며 앞으로의 교육의 미래를 생각하며 교사의 꿈을 키워가야겠다.

서울 여자, 시골선생님 되다

조경선 | 살림터

  전형적인 서울 토박이인 저자는 농민의 아내로 그리고 다시 교사로 살아가면서 지역 아이들과 함께 고민하고 흔들리며 살아온 삶의 이야기를 담아냈다. 수능문제 유형 대비와 문학수업의 간극을 고민하기도 했지만 학생들에게 의미 있는 문학적 체험을 선사해 주는 선생님, 작가 초청 강연, 독서 퀴즈 등 독서의 날 행사, 독서토론과 시인 초청 강연과 시낭송, 연극인과 함께 해보는 연극 체험 등 풍성한 독서 캠프까지 마련하는 열정을 가진 선생님, 학생들과의 거리감이 생겼을 때는 그 한계를 줄여나가려고 애쓰는 헌신적인 선생님의 모습을 확인할 수 있다. 전태일문학상을 받은 시인이기도 한 저자가 잘 갈무리해놓은 아름다운 시들은 이 책을 읽는 재미를 더해준다.

http://www.kyobobook.co.kr/product/detailViewKor.laf?ejkGb=KOR&mallGb
=KOR&barcode=9788994445243&orderClick=LAH&Kc=

'선생님, 우리 얘기가 들리세요?'

롭 부예

2학년 우현아

　'선생님 우리 얘기가 들리세요?'라는 2010년 '미국 아동 서점협회 ABC 최고의 책'으로 선정된 작품으로 저자 롭 부예의 첫 작품이라고 한다. 코네티컷주 베서니에서 3, 4학년 학생들을 6년 동안 가르친 저자는 학생들에게 읽기와 쓰기를 재미있게 가르치기 위해 고민하던 중 먼저 독자와 작가가 되기를 결심하고, 아동문학의 명작들을 탐독하고 직접 어린이 책을 쓰게 되었다고 한다.

　이 책에서는 각기 다른 개성을 가진 5학년 11살 학생들이 등장하는데, 장난치기를 좋아하는 공식 악동 피터와 부모님의 이혼으로 상처를 받은 제시카, 똑똑하지만 고집불통인 루크, 친구들 사이에서 이간질하며 편을 나누고 그들 사이에서 군림하고 싶은 알렉시아, 늘 조용하고 모든 일에 시큰둥하지만 아픈 비밀을 가진 제프리, 풍뚱한 외모 때문에 놀림을 당하고 알렉시아 앞에서 늘 작아지는 대니엘, 27세 엄마를 둔 늘 말 없는 애나가 바로 그 주인공들이다.

　이 아이들을 가르치는 테업트 선생님은 다른 선생님들과는 색다른 면모가 있었다. 아이들을 윽박지르거나 안 된다고 말씀하지 않았다는 것이다. 수업시간에 화장실에 들락거리는 피터에게 화장실과 관련된 재미있는 농담을 던지거나, 축구장에 풀잎이 모두 몇 개인지 맞히는 문제를 내기도 하고, "식물 키우기" 시간에는 일주일 동안 주고 싶은 것은 뭐든지 주면서 콩을 키워보라고 하셨다. 이러한 독특한 수업을 통해 아이들은 식물에 샐러드드레싱을 넣거나, 흙과 탄산음료와 메이플 시럽 등을 섞어 넣어주기도 하는 등 특별한 경험을 할 수 있었다.

그리고 선생님은 교실에서 일어난 일들을 모두 꿰뚫어 보고 있었다. 피터가 교실을 물바다로 만든 것도, 알렉시아가 대니엘에게 뚱뚱하다고 놀리고, 제시카와 대니엘 사이를 떼어놓는 심술궂은 행동을 하는 것도, 또한 아이들이 어떤 상처를 가졌는지도 선생님은 알고 있었다. 하지만 무조건 아이들에게 간섭하는 것이 아니라, 서로 조화를 이룰 기회를 주셨다는 점이 참 좋았다. 테얼트 선생님 아래 아이들은 태어나 처음으로 학교생활의 재미를 느끼게 되었고 모두가 선생님을 좋아하게 되었다. 선생님의 도움으로 친구들의 관계도 조금씩 나아지는 듯했지만, 테얼트 선생님이 사고로 혼수상태에 빠지게 되는 큰 어려움에 닥치게 된다. 하지만 아이들은 이러한 상황 속에서도 서로를 이해하고 감싸는 법을 배울 수 있었다. 선생님은 아이들 안에 존재했던 상처들을 대면하고 치유하는 법과 화해, 용서 그리고 기다리고 노력하는 법을 알려주셨다. 얽혀 있던 실타래가 조금씩 풀리듯, 아이들의 상처는 조금씩 아물기 시작했고, 닫혀 있던 마음은 다시 열리기 시작한다. 아이들이 죄의식과 슬픔을 견디고 훌쩍 자라게 되는 것으로 이야기는 끝이 난다.

'선생님, 우리 얘기가 들리세요?'의 테얼트 선생님을 보며 현재의 교육환경과 교권에 대해 생각해 볼 수 있었다. 지금 우리나라의 교육계는 학업, 성적, 숫자로만 아이들을 평가하고 있다. 그리고 아이들과 교사와의 교감보다는 경쟁만을 부추기고 있는 것이 안타까운 현실이다. 그래서 테얼트 선생님이 더 기억에 남는 것 같다. 선생님은 아이들에게 따뜻하게 대해 주셨고, 많이 신경써 주셨다. 이러한 선생님의 교육 방식을 통해 아이들은 변화해 나갈 수 있었다. 청소년 문제가 심각해지고 있는 상황 속에서 현재 우리 사회에서 무엇보다 필요한 것은 교사와 학생들의 교감, 부모와 자녀의 교감이 아닐까? 라는 생각이 든다.

선생님, 우리 얘기 들리세요?

롭 부예 | 다른

'선생님 우리 얘기 들리세요'는 교사로 오랫동안 초등학교 아이들을 가르쳐 온 롭 부예가 아이들과 함께 쓴 동화이다. 수학 시간에 '1달러짜리 단어 찾기'라는 재미난 활동을 한 것을 글로 옮긴 것을 시작으로, 쓴 글을 학생들에게 읽어 주고 함께 토론하며 완성한 책이다. 개성 넘치는 일곱 명의 아이들이 각자의 목소리로 전하는 이야기는 교사와 학생 간의 따뜻한 교감이 아이들의 삶을 어떻게 바꿔 놓는지 꾸밈없이 보여준다.

http://www.kyobobook.co.kr/product/detailViewKor.laf?ejkGb=KOR&mallGb=KOR&barcode=9788992711500&orderClick=LAH&Kc=

책teen

2018년 7월 21일 토요일

첫 봉사를 가는 날이라 많이 긴장되고 떨렸다. 도서관에 들어
가니 많은 아이들이 있었다. 책 정리를 하고 있을 때, 한 아이가
나에게 찾아와 책을 읽어달라고 나에게 말을 걸어왔다. 수줍어하는
아이의 모습이 너무나 귀여워보였다. 평소 무뚝뚝한 성격때문에
아이들에게 친근하게 다가가지 못했지만 책을 들고있는 나에게

초롱초롱한 눈망울로 쳐다보는 아이에게 재미있게 책을 읽어주고

싶었다. 나는 더욱 과장하고 흉내내며 책을 읽어주었고 재미있어

하는 아이의 표정을 보며 뿌듯했다. 앞으로 계속 책틴 활동을 하고싶다.

10820 서유진

chapter5

일일교사가
되어보자

자신이 관심 있는 주제를 가지고 주체적으로 수업을 계획하고

수업과 관련된 활동을 구상해 보는 수업 준비를 해보았습니다.

교사의 수업 준비도 예술가의 창작의 고통과 유사하다는 것을

몸소 느끼게 해주었습니다.

SAY THANK YOU

• • •

1학년 김민서

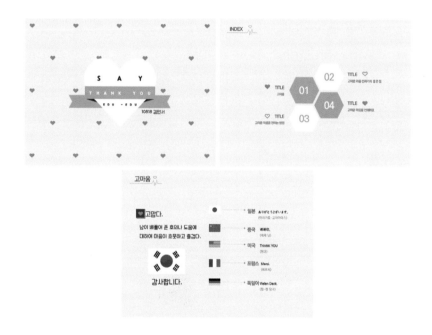

안녕하세요. 오늘의 일일 교사 1학년 김민서입니다. 그럼 지금부터 수업을 시작하도록 하겠습니다.

먼저 수업을 시작하기 전 오늘 수업과 관련된 영상을 보도록 하겠습니다.

영상에서 전하고자 하는 내용이 무엇인 것 같나요?

영상에서 고마움을 전하듯이 이번 시간에 우리도 친구, 부모님, 선생님께 평소 전하지 못한 고마운 마음을 전해 보도록 할 건데요, 직접 고마운 마음을 전하기 전에 먼저 고마움에 대해서 알아보고, 고마운 마음을 전하는 것의 좋은 점과 고마운 마음을 전하는 방법을 알아본 뒤에 고마운 마음을 직접 전달해 보도록 하겠습니다.

먼저 '고맙다'는 '남이 베풀어 준 호의나 도움에 대하여 마음이 흐뭇하고 즐겁다'라는 뜻입니다. 우리나라에서는 고마움을 표현하기 위해 '고마워, 감사합니다.'라고 말하는데요, 다른 나라의 말도 알아보도록 하겠습니다. 먼저 일본에서는 '감사합니다'를 뭐라고 말할까요? 맞아요, 일본은 '아리가또-고자이마스'라고 말합니다. 그럼 중국은 뭐라고 말할까요? 네 '씨에씨에'라고 말합니다. 미국에서는 뭐라고 말할까요? 맞아요, 우리도 평상시에 많이 사용하고 있는 '땡큐'입니다. 지금까지는 우리가 흔하게 들어본 다른 나라의 표현인데요, 프랑스와 독일의 표현도 알아보면, 프랑스는 '메흐씨'라고 말하고, 독일은 '필렌 덩크'라고 말합니다.

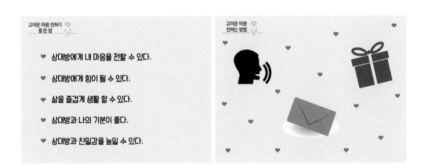

우리는 고맙다는 말을 상대방에게 함으로써 자신의 마음을 상대방에게 전달할 수 있고, 상대방에게 힘을 줄 수 있습니다. 또한 고맙다

는 말을 듣는 상대와 말하는 자신 모두 기분 좋게 생활할 수 있고, 서로에 대한 친밀감을 높일 수 있습니다.

고마운 마음을 전달하는 방법에는 여러 가지가 있는데요, 여러분은 고마운 마음을 전해 본 적이 있나요? 어떻게 전했나요?

다양한 경험이 나왔는데요, 고마운 마음을 전달하기 위해 직접 상대에게 말할 수도 있고, 편지를 써서 전달하는 방법도 있고, 고마운 마음을 담은 선물을 주는 방법도 있습니다.

여러 가지 방법 중 우리는 오늘 어떤 방법으로 고마운 마음을 전할 것 같나요?

네, 우리는 오늘 종이접기를 통해 고마운 마음을 전달해 보도록 할 거예요. 우리가 잘 알고 있는 하트를 접는 것이 아니라 새로운 하트 모형인 메시지 형 하트를 접어보도록 할건데요, 지금 나눠주는 색종이를 받은 뒤 잘 따라와 주시고, 모르는 부분이 있으면 저를 불러서 물어봐 주시면 됩니다.

먼저 정사각형 모양의 색종이를 제가 직사각형 모양으로 잘라서 나눠드렸는데, 이 색종이를 반으로 접은 뒤, 또 반으로 접고, 또 반으로 접습니다. 총 3번 접어주시면 됩니다. 다 접었으면 이제 색종이를 펴고 양쪽 사각형을 선에 맞게 한 칸씩 접어줍니다. 그리고 접은 사각형 안쪽 부분이 다음 선에 닿도록 접을 건데, 제가 하는 것을 잘 보고 따라 해주시고 잘 안 되시는 분은 제가 가서 도와드리도록 하겠습니다. 다들 잘하고 계신 것 같아요! 그럼 색종이를 뒷면으로 돌린 뒤 네 모서리를 삼각형 모양이 되도록 접어준 뒤 폅니다. 삼각형으로 접은 곳을 눌러서 메시지를 적을 수 있는 부분을 만들 건데 잘 따라 해주세요. 이제 거의 다 접었는데 하이라이트인 하트를 만들 거예요. 양쪽 밑을 접어주고 위쪽 양 모서리를 자신이 원하는 하트 모양이 되도록 접어주면 하트는 완성입니다. 마지막으로 하트가 펴졌다가 접어질 수 있도록 메시지를 적는 부분을 지그재그로 접어주면 메시지 형 하트가 완성됩니다.

그럼 다들 앞에 있는 펜을 활용해서 하트 안에 고마운 마음을 전하고 싶은 사람에게 전하고 싶은 말을 적고, 예쁘게 꾸며주세요.

다들 다 완성하신 것 같은데 오늘 접은 메시지 형 하트를 꼭 고마운 사람에게 전달해 주시고, 고마운 사람에게 자신의 마음을 숨기지 말고 다양한 방법으로 고마움을 표현하면서 상대와 자신에게 힘을 주는 여러분이 되었으면 좋겠습니다.

그럼 오늘 수업을 마치도록 하겠습니다. 감사합니다.

우리는 지금도 싸우고 있습니다 일본군 '위안부'

• • •

1학년 윤민서

안녕하세요, 저는 에듀에듀 윤민서입니다. 저는 오늘 일본군'위안부'에 대해 여러분들과 이야기를 나누려고 합니다. 여러분들은 일본군'위안부'를 아시나요? 여기 이 자리에 있는 여러분들은 일본군'위안부'에 대해 한 번도 들어보지 않은 분은 없을 것입니다. 하지만 일본군'위안부'에 대한 이야기를 접할 시간은 학교에서 일제강점기 부분에서 잠깐 언급되는 한국사 시간이 전부였을 것입니다. 저는 우리의 아픈 역사이자 꼭 기억해야 하는 역사인 일본군'위안부'에 관하여 여러분들과 이야기를 나누고, 기억할 수 있는 시간을 가지고 싶어 이런 주제로 발표를 준비하게 되었습니다.

먼저, 일본군'위안부'에 대한 올바른 표현법부터 알아봐야겠죠. 이 중 일본군 '위안부'에 대한 정식 명칭은 무엇일까요? 이 중 정답은 없습니다. 일본군 강제위안부는 나라를 위해 몸을 바친다는 뜻으로 노동력에 동원된 사람들을 통틀어 뜻합니다. 그래서 올바른 표현법이 아닙니다. 종군위안부의 '종군'에는 자발적으로 군에 종사하였다는 뜻이 내포되어 있어 올바른 표현법이 아닙니다. 일본군 성노예는 국제사회에서 사용되는 표현이나, '위안부'라는 말과 혼동이 올 수 있고, 생존해 계신 할머니들께서 거부하시는 표현입니다. 일본군 위안부는 '위안'이라는 단어가 일본 측 입장일 뿐이라 올바르지 않습니다. 일본군 '위안부'에 대한 올바른 표현법은 일본군'위안부'입니다. 작은따옴표를 붙인 이 표현법이 정식 명칭입니다.

8월 14일이 무슨 날인지 아시나요? 8월 14일은 일본군'위안부' 피해자 기림의 날입니다. 일본군'위안부' 문제를 국내외에 알리고 기리기 위하여 제정된 국가기념일입니다. 그렇다면 왜 8월 14일이 일본군'위안부' 피해자 기림의 날이 되었을까요? 바로 일본군'위안부' 피해자인 김학순 할머니께서 처음으로 일본군'위안부' 피해 사실을 증언하신 날입니다. 당시 실제 영상을 보고 오도록 하겠습니다. (영상보기)

이제 본격적으로 일본군'위안부'에 대해 알아보도록 하겠습니다. 일본군'위안부'는 중일전쟁 및 아시아 태평양 전쟁기에 일본군의 성욕 해결, 성병 예방, 치안 유지, 강간 방지 등을 목적으로 동원하여 일본군의 점령지나 주둔지 등의 위안소에 배치한 여성을 말합니다. 이 그림은 일본군'위안부' 피해자인 김순덕 할머니께서 그리신 작품입니다. 할머니께서는 공부를 시켜준다는 말에 속아 트럭에 올라타게 되어 결국 일본군에 의해 끌려가게 되셨다고 합니다. 당시 일본군은 취업 사기 · 유괴 · 공권력 등에 의한 협박 · 인신매매와 같은 다양한 방법으로 적게는 5만 명, 많게는 40만 명까지의 여성들을 군'위안부'에 강제 동원했습니다. 그렇게 끌려간 여성들은 열악한 군 위안소에서 인간으로서 견딜 수 없는 성노예 생활을 강요당했습니다.

당시 일본군에 의해 참혹한 고통을 겪었던 할머니들의 증언 영상을 보고 오도록 하겠습니다. (영상보기) 이렇게 일본군은 성행위를 강요하며 끔찍한 고문과 학살을 일삼았고, 피해자 할머니들은 인권을 유린

당한 채 소모품 취급을 받았습니다. 일본이 패망하자, 일본군‘위안부’에 대한 증거를 인멸하기 위해 ‘소각 명령’을 내립니다. 일본군‘위안부’들을 한데 모아 학살시키는 것이죠. 살아남은 이들은 연합군 포로수용소에 수용되었다가 귀국하거나, 개별적으로 힘겹게 돌아오기도 하고, 고국으로 돌아오지 못한 경우도 많았습니다. 하지만 살아남은 피해 여성들의 이후의 삶 또한 힘겨움의 연속이었습니다. 가족 앞에도 떳떳이 나서기 어려웠던 이들은 가족과 이웃을 피해 숨어 지내는 고통을 겪어야 했고, 대부분 극심한 가난에 시달렸으며, 정상적인 가정생활을 영위하지 못했습니다.

기억되지 않는 역사는 반복됩니다. 이런 비극의 역사가 반복되지 않기 위해 우리는 이 아픈 역사를 잊지 않고, 기억해야만 합니다.

그래서 저는 우리가 일본군‘위안부’를 기리는 마음을 담아 직접 액세서리를 만들고 평소 자신이 사용하는 물건에 걸어, 오래오래 기억하면 좋겠다는 생각을 했습니다. 그래서 오늘 우리는 일본군‘위안부’ 액세서리를 만들어 볼 건데요. 슈링클스라는 특수한 종이 형태의 공예 소재를 사용할 거예요. 이 종이에 그림을 그리고 열을 가하면 크기는 1/7로 작아지고, 두께는 7배로 늘어나며 딱딱한 플라스틱으로 바뀌어, 마술 종이라고도 불러요. 설명으로만 하면 여러분들이 생소하실 것 같으니 슈링클스 공예 영상을 하나 보고 올까요? (영상보기) 이 슈링클스 종이에 여러분들이 일본군'위안부'를 기억할 수 있는 그림을 자유롭게 그려주세요. 다 그린 후 원하는 모양으로 자르고, 고리를 걸 부분에 펀치로 구멍을 뚫고, 이 오븐에 구우면 완성입니다. 활동지에 2번 칸에 자신의 액세서리를 소개하는 글을 쓰고, 발표할 거예요. 제가 미리 만들어본 건데요. (완성작 보여주기) 저는 일본군'위안부' 피해자들과 함께 모든 여성이 차별과 억압, 폭력으로부터 해방되어 자유롭게 날갯짓하기를 염원하는 의미를 담은 상징물인 나비를 그려서 만들었어요. 그럼 지금부터 시작해 볼까요? 먼저 활동지의 1번 빈칸에 밑그림을 그려봅시다. (활동하기) 밑그림을 다 그렸다면 슈링클스 종이에 옮겨 그려봅시다. 채색도 자유롭게 해주세요. 오븐에 구워지면 1/7 크기로 작아지는 것, 꼭 명심하시고 그리시길 바랍니다. (활동하기) 대부분 다 그리신 것 같네요. 다 그리신 분들은 슈링클스 종이를 원하는 모양으로 자르고 열쇠고리 등 부속품을 끼워 넣을 구멍을 펀치로 뚫어서 앞으로 내주세요. (활동하기) 슈링클스 종이를 모두 오븐에 넣었어요. 다 구워질 때까지 활동지의 2번 칸에 자신의 액세서리를 소개하는 글을 써봅시다. 왜, 어떤 의도, 무슨 의미를 담고 있는지에 관한 이야기가 들어가야 해요. (활동하기) 액세서리가 완성되었어요. 조에서 한 명을 뽑아 활동지 2번에 대해 발표해 볼게요. (활동하기)

　오늘 이렇게 일본군'위안부'에 대해 알아보고, 그들을 기억하고자 하는 마음을 담아 액세서리까지 만들어보았어요. 이 시간이 여러분들에게 일본군'위안부'에 대해 한 번 더 생각해 볼 수 있는 시간이 되었으면 좋겠습니다. 우리의 아픈 역사, 잊지 않고 꼭 기억합시다. 이상으로 제 발표를 마치도록 하겠습니다. 감사합니다.

나만의 집 만들기

• • •

2학년 류설희

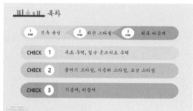

안녕하세요. 나만의 아름다운 집을 만드는 방법을 소개하러 온 일일 교사 류설희입니다. 첫 번째로는 건축 공법, 두 번째로는 외관 스타일, 마지막으로는 외부 마감재 순으로 수업을 진행하겠습니다. 수업에 앞서서 여러분이 생각하는 주택의 형태를 발표해 볼까요?

여러분이 말한 것처럼 주택에는 여러 가지 종류가 있는데 오늘은 아파트에 사는 사람들의 로망인 단독주택에 대해 알아보고 나만의 집을 만드는 시간을 가질 거예요. 단독주택은 단일 가구를 위한 단독택지 위에 건축하는 방식입니다. 다시 말해서 일반적으로 하나의 주택

안에 하나의 세대가 생활할 수 있는 구조로 되어 있는 주택입니다. 이러한 단독주택의 장점은 건축주의 생활 양식과 취향에 맞는 설계와 건축을 할 수 있다는 점입니다.

이제 본격적으로 집을 만드는 방법을 설명하려고 하는데, 여러분이 집중해서 잘 들어줘야 자신만의 집이 잘 완성될 수 있겠죠? 내용이 많을 수도 있으니 나누어준 종이 뒷면에 필기하면서 듣는다면 더 완벽한 집을 만들 수 있을 거예요!

제일 먼저 건축공법입니다. 건축공법에서는 목조주택과 철근 콘크리트 주택 두 가지로 나눌 수 있는데 먼저 목조주택은 자연 재료인 목재를 구조로 형성하여 시공한 주택이라고 합니다. 그래서 목조주택은 경제적이고 지진에 잘 버틸 수 있는 내진성이 있으며 습도 조절이 가능하다고 합니다. 그리고 보온성이 뛰어나고 무엇보다 친환경 재료라는 점이 가장 핵심이 아닐까 싶습니다. 철근 콘크리트 주택은 철근과 콘크리트를 혼합하여 일체형으로 만든 구조의 주택입니다. 이 주택은 보편화되어 있고, 다양하며 방음을 해주는 차음성이 뛰어납니다. 또 안정적이고 내구성으로 오래 변질하지 않으며 감각적인 디자인으로 완성할 수 있습니다.

두 번째는 외관디자인입니다. 첫 번째 외관디자인은 가장 내츄럴한 기본형 주택 스타일인 클래식 스타일입니다. 클래식 디자인의 주택에서는 주로 (이렇게 생긴) 모임 형과 박공널형 지붕을 사용한다고 해요. 두 번째 외관 디자인은 지중해 스타일입니다. 이 스타일은 자연과 어울리며, 고풍스러움과 웅장함이 돋보입니다. 굵은 선, 외부 장식 기둥, 아치형 개구부라는 특징 때문에 웅장함이 나타나는 것 같습니다. 마지막은 직선을 강조한 사각 프레임이 매력적인 심플한 모던형 주택 스타일입니다. 사진에서 보는 것처럼 모던형의 특징은 박스형 모양이며 외부장식 없이 미니멀한 디자인으로 수직/수평을 강조했습니다.

세 번째는 외부 마감재입니다. 먼저 지붕재를 살펴볼까요? 첫 번째 지붕재는 아스팔트 싱글인데 이 지붕재는 국내에서 가장 많이 사용되고 있으며, 비교적 저렴하게 살 수 있다고 합니다. 아스팔트 싱글의 장점은 유연하고 강풍이나 누수에 강하며 종류가 다양합니다. 두 번째는 징크라는 지붕재입니다. 아연을 뜻하는 징크는 지붕뿐만 아니라 외벽에도 사용됩니다. 세 번째 지붕재는 지중해풍 주택에 사용되는 점토 기와입니다. 점토 기와에는 시각적 아름다움이 있을 뿐만 아니라 낮은 열전도율로 냉방비를 절약할 수 있다는 장점이 있습니다.

다음으로는 외장재입니다. 제일 먼저 소개할 스투코 플렉스는 우리 학교에서도 볼 수 있는 외장재로 가장 보편적인 외부 마감재입니다. 스투코 플렉스는 신축성이 좋으며, 곰팡이를 방지하고, 화재를 예방하며 색상과 질감의 다양성이 있습니다. 두 번째 외장재는 고벽돌입니다. 고벽돌은 철거 벽돌을 재사용하는 재생 벽돌이라고 합니다. 중후하고 예스러워서 외부뿐만 아니라 내부 인테리어로도 활용이 가능한 친환경 소재입니다. 마지막 외장재는 세라믹사이드입니다. 이 외장재는 셀프크리닝 효과를 갖춘 최고급 친환경 외부 마감재라고 합니다.

    외관 스타일과 외부 마감재를 모두 배웠으니 이제 제가 나누어준 종이에 자신의 살고 싶은 집을 만들어 볼까요?

    모두 자신의 집을 잘 만들어 준 거 같아서 정말 고맙고 수고 많았어요. 지금까지 수업에 열심히 참여해 준 모든 에듀에듀 친구들에게 고마워요. 이상으로 수업을 마치겠습니다.

본수 쌤과 함께 하는 시사 영어

2학년 고본수

안녕하세요, 여러분! 오늘은 저와 함께 시사 영어를 배워보도록 할 거예요! 시사 영어는 요즘에 발생하는 사회 문제를 영어 본문을 통해 같이 배워보는 건데요, 지금부터 시작하겠습니다. 오늘의 학습 목표는 먼저 시사 문제를 함께 알아보고, 영어 실력도 함께 키우는 거예요. 마지막으로 오늘 알아본 사회 문제에 대해 함께 고민해 보는 시간을 가질 텐데요, 수업은 본문을 같이 해석해 보고 문제에 대해 함께 이야기해 보는 방식으로 진행하도록 하겠습니다.

자, 우선! 오늘 배워볼 사회 문제는 '고령사회'입니다. 자세하게는 노인들이 어떻게 행복할 수 있을까? 인데요, 문제에 대해 쉽게 알아볼 수 있도록 영상 하나를 준비했습니다. 영상을 보도록 할게요!

영상 잘 보셨나요? 영상에서 보셨듯이 우리나라의 고령화 문제와 그로 인한 노인들의 문제는 매우 심각합니다. 우리나라는 2026년 20% 이상인 초고령 사회에 진입할 것으로 예상됩니다. 하지만 우리 사회에서 노인은 행복하게 살고 있을까요? 여러분도 홀로 남아 외로움에 사무치며 노년을 보내는 노인들의 소식을 티비 뉴스에서 본 적이 있을 거예요. 이번 시간에는 우리나라 노인과 일본 노인의 삶을 들여다보며, 우리나라에서 노인들이 어떻게 하면 행복하게 살 수 있을지 고민해 봅시다.

먼저, 제가 오늘 준비한 본문은 바로 중앙일보의 '노인이 행복해야 하는 이유' 기사입니다. 불필요한 문장은 몇 개 뺐고요, 원래는 한국어로 쓰인 기사지만, 영어로 바꾼 본문으로 수업을 할 거예요. 여러분 그래도 너무 걱정하지 마세요! 제가 한국어로 쓰인 원본을 드릴 테니까요. 그럼, 다 같이 부담 갖지 말고! 본격적으로 수업해 봅시다!

기사를 들어가기 전에 여러분, '얀지'라는 일본어를 들어보신 분 계신가요? (반응 살핌) 얀지는 저도 이번 기사를 읽으면서 처음 알게 된 단어입니다. 얀지는 얀차지지의 줄임말로, '장난스러운 할아버지'를 뜻해요. 즉, 노년의 인생을 즐기는 신 노년층을 뜻하는 단어라고 합니다.

앞에 보이는 구절은 2014년 9월에 나온 일본 잡지에 쓰여 있는 문구입니다. 다 같이 읽어봅시다! 너무 잘 읽으셨어요! 여기서 sophisticated는 '세련된'이라는 뜻입니다. 그럼, 해석해 보면 우리는 할아버지를 좋아한다. 어떤 할아버지? 세련되고 언제나 재밌는 할아버지. 그럼 우리는 세련되고 언제나 재밌는 할아버지를 좋아한다는 문장이 될 수 있네요!

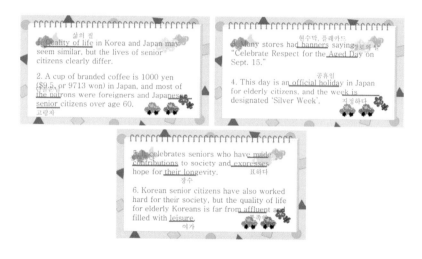

자, 이제 첫 번째 문장 해석해 봅시다! 누가 읽어볼까요? 네! ○○ 학생이 읽어주세요. 잘 읽었어요! 여기서 quality of life는 삶의 질을 말해요. 그럼 한국과 일본의 삶의 질은 비슷해 보이지만, 노인들의 삶은 명백히 다르다. 라고 해석할 수 있습니다 다음 문장 읽어볼게요! 다음 문장은 △△학생이 읽어봅시다. 잘 읽었어요! 여기서 patron은 단골손님을 뜻합니다. 그래서 해석해 보면, 브랜드 커피 한 잔이 1000엔(9.5달러 또는 9713원)이다. 일본에선. 그리고 손님들의 대부분은 외국인 그리고 대부분 60대 이상의 일본 노인이었다. 라고 해석할 수 있어요.

다음 문장! 다음 문장은 제가 읽어볼게요. (읽고) 여기서 banner는 현수막, 플래카드를 의미하고 Aged Day는 경로의 날을 뜻해요. 그러면 많은 상점은 현수막이 있었다. 무엇을 말하는? 9월 15일 경로의 날을 기념하세요라는.

다음 문장, (읽고) 여기서 official holiday는 공휴일, designate는 지정한다를 뜻해요. 그럼 해석은, 일본에서 공휴일이다. 노인을 위한! 그리고 이 주는 실버위크로 지정되어 있다고 해석할 수 있겠죠?

다음 문장은 (읽고) 이렇게 쓰여 있고, 누가 해석해 볼 수 있을까요? 여기서 단어는 뜻을 알려드릴게요. Make contribution은 공헌하다, express는 표하다, longevity는 장수를 뜻해요. 누가 해석해 볼까요? (손든 후 선정) 잘했어요! ㅁㅁ학생이 말한 것처럼 이날은 사회에 공헌해 온 노인을 경애하고 장수를 바라는 날이다라고 해석할 수 있습니다.

(문장 읽고) 여기서 affluent는 풍족한, leisure는 여가를 뜻해요. 그러면 한국 노인들은 사회를 위해 또한 열심히 일해왔지만, 한국 노인들의 삶의 질은 풍요나 여유와는 거리가 멀다고 해석할 수 있습니다.

7. In the country with the highest elderly poverty rate among OECD member countries, only wealthy senior citizens can enjoy a leisurely brunch at a fancy cafe and sip a cup of coffee that costs more than 1000 yen. 값이 ~이다(들다)

8. According to data by the Korean Insurance Research Institute, 96.4 percent of senior citizens over the age of 65 in Japan are on a public pension, and the average monthly pension per person was 1.6 million won as of 2012. 한국보험연구원

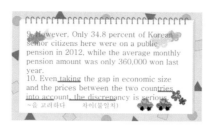

다음 문장은 조금 길지만, 다 같이 해석해 보면 쉽게 할 수 있을 거예요! 이 문장은 누가 읽어볼까요? (손들고 읽기) 잘 읽었어요! 이 문장을 함께 해석해봅시다. 여기서 leisurely는 여유롭게, fancy는 고급스러운, sip은 홀짝이다, cost는 값이 ～이다는 뜻입니다. 그러면 나라에서 어느 나라? OECD 국가 중에서 가장 높은 노인 빈곤율을 가진 나라에서, 단지 부유한 노인들만 고급스러운 카페에서 여유롭게 브런치를 즐기고, 1000엔이 넘는 값이 드는 커피를 홀짝일 수 있습니다.라고 해석할 수 있겠죠? 긴 문장도 어렵지 않죠?

다음 문장! (읽고) 여기서 Korean Insurance Research Institute는 한국보험연구원, public pension은 공적 연금, monthly pension은 월평균 수령액을 뜻해요. 그러면 해석을 해봅시다. 한국보험연구원의 자료에 따르면, 96.4%의 65세 이상 일본 노인들이 공적 연금을 받고 있고, 1인당 월평균 수령액의 평균은 160만 원에 이른다 라고 해석할 수 있습니다.

다음 문장! (읽으면서) 반면에 2012년에 오직 34.8%의 한국 노인이 공적 연금을 받았고, 그 전해에는 월평균 수령액이 오직 36만 원에 불과했다고 해석할 수 있어요.

다음 문장에선 숙어가 나오는데, take ~ into account는 ～을 고려한다는 의미가 있습니다. 그리고 discrepancy는 차이를 뜻해요. 그러면 두 나라 사이의 경제적 규모와 가격의 수준을 고려해도, 차이가 심각하다고 해석할 수 있어요.

다음 문장을 보겠습니다. 앞으로 세 명을 더 뽑아서 남은 세 개의 문장을 읽어보도록 할게요. 가위바위보를 통해 결정할게요! (선정해서 읽기, 발표자1) 잘 읽었어요! 해석해 보면, 젊은이들은 그들의 미래를 본다. 어디에서? 노인들의 삶에서 자신의 미래를 본다. 라고 해석할 수 있습니다.

다음 문장 갈게요. (발표자2 읽기) 잘 읽었어요! One in five는 5명 중 1명을 뜻해요. 그러면 8명 중 3명은 뭐라고 표현해야 할까요? 네! 맞아요. three in eight라고 할 수 있겠죠. 이 문장을 해석해 보면, 이번 추석 때 65세 이상의 노인들 5명 중 1명은 전하는 바에 따르면 가족 없이 휴일을 홀로 보냈다고 한다. 라고 해석해요.

자, 마지막 문장! (발표자3 읽고) 잘 읽었어요! 여기서 ridden은 ~에 지배당하는, 시달리는 이라는 뜻이에요. 그럼 해석해 보면, 만약 나의 미래가 가난과 외로움에 시달린다면, 과연 무엇을 희망으로 살아가야 할까? 라고 해석할 수 있습니다.

자, 이제 모든 본문 해석이 끝났어요! 다들 노인 문제에 대해 잘 이해할 수 있었나요? 잘 이해가 되지 않으셨던 분들은 앞에서 나눠드린 해석본을 다시 한번 보시면 이해가 잘 될 것 같아요! 이제 해석을 다 했으니까 고령 문제가 해결되고 노인이 행복한 세상을 만들기 위해 우리가 어떤 노력을 할 수 있을지에 대해 고민해봅시다! 학습지 두 번째 장에 단어들 밑에 활동 칸이 있는데, 모둠끼리 모여서 3개의 해결 방안을 만들어보는 활동을 해볼게요! 시간은 10분 정도 드리겠습니다. (타이머 켜놓고)

자, 모두 만들어 보셨나요? 각 조에서 한 명이 우리 조의 해결 방안을 발표해 주세요. (듣고) 모두 잘하셨어요! 이런 해결 방안을 실천해서 꼭 노인들이 행복하고 모두가 행복한 세상을 만들 수 있으면 좋겠습니다.

마지막으로 퀴즈를 준비해 봤는데, 퀴즈를 맞힌 분들께는 사탕을 드리도록 하겠습니다! 자 1번은 무슨 뜻일까요? 맞아요! 2번은 무슨 뜻일까요? 맞아요! 3번은 무슨 뜻일까요? 맞아요! 4번은 무슨 뜻일까요? 맞아요! 5번은 무슨 뜻일까요? 모두 잘하셨습니다.

사탕을 못 받아서 속상하신 분들은 아직 기회가 남아 있어요! 다음은 본문에 관련된 ox 퀴즈인데, 1번 문제 누가 읽고 맞춰볼까요? 네, 맞아요! 얀지는 나이가 드는 것을 피하는 것이 아니라 노년의 인생을 즐긴다는 뜻이었죠? 그래서 x입니다.

다음 문제! 누가 해볼까요? 문제를 맞히지 못한 분들께 기회를 드리도록 하겠습니다. 맞아요! 아까 1000엔의 커피를 마시는 대부분의 사람이 65세 이상 노인 또는 외국인이었죠? 그래서 답은 x입니다.

다음 문제는? 네 맞아요! 일본 노인들보다 우리나라 노인들의 월평균 수령수령액은 4분의 1이었죠. 이 문제는 조금 힘들었을 것 같네요. 잘하셨습니다!

마지막 문제는 누가 맞혀볼까요? 네, 맞아요! 한국 노인들은 월평균 수령액도 낮고, 가족과 휴일을 보내지 못하는 노인들이 많으므로 아무래도 나이가 드는 것에 대한 두려움이 있을 수 있겠어요.

모두 오늘 수업 즐거웠나요? 제가 준비한 수업은 아쉽지만 여기까지에요. 여러분들이 다양한 시사 문제에 관심을 가졌으면 좋겠고, 이런 신문 기사들을 영어로 번역해 보면서 영어 실력도 높일 수 있는 일거양득의 방법을 사용해 보셨으면 해요! 모두 적극적으로 참여해 주고 잘 들어주셔서 정말 감사합니다!

도깨비를 빨아버린 우리 엄마

20515 서지현

'도깨비를 빨아 버린 우리 엄마'라는 책은 내가 봉사활동 중 아이들에게 가장 많이 읽어주었던 책이다. 이 책의 내용은 빨래 하는 것을 좋아하는 엄마가 널어 놓은 빨랫줄 위로 천둥 번개 도깨비가 지나가자 엄마는 더러운 도깨비를 빨고 아이는 예쁜 얼굴을 그려서 돌려보내는 내용이다. 처음 봉사를 갔을 때는 아이들이 책을 읽는 중 딴짓을 한다거나 잘 듣지 않았다. 그래서 지금은 아이들의 집중력과 흥미를 높이기위해서 보다 생동감 있는 목소리로 책을 읽고 읽는 중에는 많은 질문을 하려고 노력 중이다.

앞으로도 많은 책과 지식을 많은 아이들에게 읽어주고 싶다.

chapter6

작은 팔찌로
연결하는
아동 노동
반대 캠페인

아동노동 반대 캠페인 '꿈찌'에 우리 학교 전교생이 참여할 수 있도록

프로젝트를 기획하였습니다.

많은 학생들이 팔찌를 만들고 포스터를 그리며

아동노동 문제의 심각성을 공유할 수 있었고,

작은 노력이라도 실천하겠다는 다짐을 하였습니다.

Good Action

꿈찌

아이들의 손에 연필을 쥐어주세요

아동노동 캠페인, 꿈찌

• • •

2학년 최지우

대부분의 학생은 밥 먹듯이 학교에 가기 싫다고 말한다. 학교와 집을 오가는 지겨운 일상 속에서 사소한 일탈은 간절한 소망이다. 하지만 전 세계에는 가난 때문에 학교 가고 싶어도 고된 일터로 가야만 하는 아이들이 많다. 전 세계의 18세 미만 아동은 약 15억 8천만 명, 그중 10명 중 1명꼴인 1억 6천 8백만 명의 아이들은 학교에서 공부하며 꿈을 키워나가는 대신 힘들게 돈을 벌어 생계를 이어가고 있다. 세계 아동노동 반대의 날이 6월 12일로 정해진 지 어느새 10여 년이 지났지만, 여전히 많은 아이가 고통을 받고 있다. 이 아이들에게도 꿈을 이룰 방법이 있다. 바로 손에 연필을 쥐여 주는 것이다. 생계를 잇기 위해 거친 노동 현장으로 나가는 것이 아닌 학교에서 교육을 받고, 자신의 꿈을 펼치기 위한 전문 교육을 받는다면 아이들은 미래 사회의 훌륭한 일원으로 성장할 것이다.

에듀에듀는 이러한 아동노동의 끔찍한 실태를 알리고, 아동노동에 반대하고자 굿네이버스의 꿈찌 프로젝트를 실시하였다. 희망자를 받아 아동노동에 대한 영상을 시청하고 느낀 점을 바탕으로 포스터를 그린 뒤, 팔찌를 만드는 활동은 많은 학생의 관심을 끌었다. 하지만 그것만으로는 부족한 점이 있다고 느꼈다. 꿈찌 프로젝트 활동을 한 뒤, 학생들의 아동노동과 관련된 후속 활동이 이어지지 않는다는 아쉬움이 있었다. 그리고 친구들이 진정으로 아동노동 문제에 깊이 공감하는 것인지 알 수가 없었다. 꿈찌 프로젝트를 홍보하며 봉사 시간에 대해서도 언급을 했더니, 단순히 봉사활동 시간을 얻기 위해 꿈찌 프로젝트에 참여하겠다는 아이들이 있었다. 또 영상을 시청하고, 포스터를 그리고, 팔찌를 만드는 것만으로도 학생들의 인식을 바꾸기엔 쉽지 않다고 느꼈다. 대부분의 학생은 꿈찌 프로젝트를 시작하기 전까지는 아동노동에 관해 관심도 없었고, 그렇기에 짧은 활동 기간은 아동노동에 대해서 진정으로 고민하기엔 부족하다고 느꼈다. 그래서 우리는 아동노동에 대해 학생들이 부담스러워하지 않을 만한 3개의 행사를 준비해 보았다.

먼저 꿈찌 2행시는 가볍게 할 수 있었던 활동이라 가장 많은 호응을 얻었다. 아동노동의 심각성을 알리는 멋진 2행시에서부터, '꿈 : 꿈찌는, 팔 : 팔찌'와 같이 생각지도 못한 재치 있는 2행시 등등 다양한 작품이 탄생했다. 하지만 꿈찌 사진회는 참여도가 저조해 아쉬움

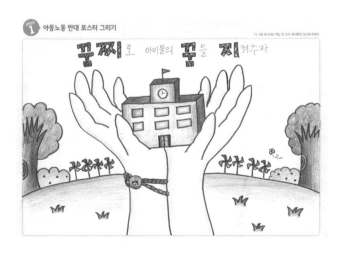

이 남았었다. 그 이유에는 꿈찌 프로젝트를 마치고 꿈찌가 끊어지거나 잃어버리는 등의 사건사고가 많았기 때문이 아닐까 싶다. 이러한 어려움이 있었지만, 에듀에듀 학생들과 꿈찌 프로젝트 참여 학생들과의 합작품인 '아동노동 반대 전시회'는 정말 성공적이었다. 전시된 아동노동의 심각성에 대한 글과 멋진 아동노동 반대 포스터, 꿈찌 2행시는 그만큼 세명고등학교 학생들이 아동노동의 심각성에 공감하고 있다는 사실을 알려주는 증표였다. 아동노동 반대 전시회를 준비하며 우여곡절도 많았지만 정말 뿌듯했고 친구들과 아동노동에 대해 깊이 생각할 수 있었던 뜻깊은 시간을 보낼 수 있어서 기뻤다.

그리고 꿈찌 프로젝트 2년째인 올해에는 작년 꿈찌 프로젝트보다 더욱 발전된 모습을 보여야 한다는 부담감이 있었다. 꿈찌 프로젝트에 참여하고 싶다는 학생들도 전년보다 많아졌고, 작년에 참여했던 친구들도 다시 참여한 경우가 많았다. 하지만 꿈찌 프로젝트 키트를 받고 나니, 작년과 달라진 것이 없어 당황스러웠다. 그리고 의도치 않은 사건·사고가 많아 무척 힘들었다. 일정을 짜놓았더니 자꾸만

학교 일정이 생겨 미뤄지고 미뤄져 학생들도 지치고 우리의 마음도 더 조급해졌다. 그래서 겨우 날짜를 정해 다목적실에서 아동노동 영상을 시청하려고 했더니 방송이 되질 않아 좁은 세미나실로 바꾸고, 학생들도 오지 않는 등 우리의 의도대로 프로젝트가 이루어지지 않아 속상했다. 작년부터 올해까지 2학년이 주도했던 활동이었기 때문에 더 아쉬움이 남았었다. 그렇지만 이 일로 의기소침해지지 말고 꿈찌 프로젝트를 잘 마무리하자는 의미로 '아동노동 반대 전시회'를 열심히 준비하기로 다짐했다. 올해에는 단순히 줄글로만 아동노동의 심각성을 어필하지 않고, 시각적인 효과를 주고자 고된 노동으로 힘들어하는 아이의 모습을 한 전시물을 만들기로 했다. 머리와 몸통, 팔다리를 만들어 붙이면서 학생들의 주목을 이끌 수 있을 것이라는 기대가 생겼다. 자꾸 이어 붙였던 부분이 떨어지고, 앞으로 고꾸라져 넘어진다는 문제점이 있었지만 결국에는 멋진 전시물을 만들어낼 수 있었다. 또 작년에는 강제로 지정했던 아동노동 반대 포스터 그리기 활동을 올해에는 자율성에 맡겼는데 근사한 아동노동 반대 포스터가 많아 전시할 포스터를 고르기가 힘들 정도로 행복한 고민을 했었다. 강제

였던 아동노동 반대 포스터 그리기 활동을 학생 자율에 맡겨 작품이 적게 들어올 것 같아서 걱정되었는데, 걱정도 유분수였다. 독특하고 인상적인 아동노동 반대 포스터들을 보며 아동노동의 심각성을 학생들의 마음속에 각인시킨 것 같아 뿌듯했다.

꿈찌 프로젝트의 시작은 단순했다. 우연한 기회에 아동노동에 대해 알게

되었고, 그에 대한 심각성을 우리 학교 학생들에게 알리고자 굿네이버스 꿈찌 프로젝트를 기획하게 되었다. 그리고 지금 꿈찌 프로젝트는 에듀에듀만의 강점이자 교내 타 교육동아리들과의 차별점이 되었다. 앞으로도 우리는 아동노동이 사라질 때까지, 우리 학교 학생들만이라도 끔찍한 아동 노동의 실태를 느낄 수 있도록 노력할 것이다. 우리가 하는 작은 캠페인이 나비 효과로 저 먼 나라의 아동 노동으로 고통 받는 아이들이 연필을 잡고, 자신의 꿈을 향해 훨훨 날아가길 소망한다.

10418 이민지

제천 YWCA 화산생명꿈나무 돌봄센터

일시 : 2018년 7월 30일 월요일

중학교 때부터 다니던 봉사기관인 YWCA에 한달 만에 봉사를 하러 가게 됐다. 오랜만에 갔더니 아이들이 "민지언니 왔다!!"라며 나를 반겨주어서 기분이 너무 좋았다. 얼마전 이 기관에 '아이스크림-홈런'이라는 교육 프로그램으로 공부하는 곳이 생겼는데 나는 주로 거기서 아이들의 공부를 도와주었다. 사실 나에게는 당연하고 쉬운 내용이라 알려주기가 힘들었는데 하다보니 아이들이 잘 따라주고 즐겁게 공부해 주어서 내가 힘을 내어 할 수 있었다.

아기 때부터 봐왔던 아이들이 많은 이 기관은 나에게 소중한 봉사기관이자 내가 행복해지는 공간이다. 주로 어려운 상황의 아이들이 있는 곳이라 가슴이 아프지만 내가 놀아주면 해맑게 웃는 아이들을 보며 뿌듯하고

이 기관이 사라지기 전까지는 계속 봉사를 하고 싶다.

chapter7

학생,
책에서
꿈을 만나다

'교사, 삶에서 나를 만나다'라는 책으로부터

교사의 고충에 대해 알게 되었습니다.

책 속의 멋진 시와 명화들을 보며

작가님의 감정을 알아볼 수 있었습니다.

그리고 김태현 선생님과의 몰입독서여행은 잊을 수 없을 것입니다.

김태현 선생님과 함께 떠나는 몰입독서여행

· · ·

3학년 김아람

이동진 선생님께서 우리의 장래희망인 교사에 대한 조금이나마 도움이 되는 말씀을 들려주기 위해 이동진 선생님의 대학교 선배이신 김태현 선생님과 함께하는 시간을 가졌다. 먼저 김태현 선생님은 어떤 분인지, 무엇을 하시는 분인지 알기 위해 김태현 선생님이 저술하신 '교사 삶에서 나를 만나다'라는 책을 읽게 되었다. '교사 삶에서 나를 만나다'라는 책은 김태현 선생님께서 교직 생활 중에서 아이들로 인해 지치고 버거워진 수업에서의 나를 벗어나 시를 읽고 명화를 보며 자신의 마음을 치유하는 과정이 나와 있었다.

그래서 우리는 이 책을 읽고 각자의 생각의 폭을 넓히고 느낀 점을 서로 나누어 보기 위해 4명씩 조를 만들어 이 책의 키워드를 정하고 앞에서 정한 키워드로 김태현 선생님이 오시면 여쭈어보고 싶은 질문들을 만들어 보는 사  전활동을 하였다. 자기 생각을 말하는 것을 좋아하고 친구들과 다양한 의견을 말해 보는 것을 좋아하

 는 나로서는 이 사
전활동이 강의가
지루할 거라고 생
각했던 고정관념을
깨고 이번 몰입독
서여행의 반환점이
되어 김태현 선생님과의 강의를 더더욱 기대되게 만들었다.

몰입독서여행 당일, 김태현 선생님은 사진으로만 봤을 땐 머리 모
양도 약간 바가지머리 같아서 개그맨 이미지 같았던 내 생각과는 달
리 180cm가 넘어 보이는 훤칠한 키와 시원해 보이는 짧은 머리 모양
을 하고 활력이 넘치는 모습으로 등장하셨다. 아니나 다를까 강의를
많이 해보신 분이라 큰 목소리와 학생들을 집중하게 하는 엄청난 능
력을 보여주셨다. 그뿐만이 아니라 사실 김태현 선생님의 강의를 위
해 우리 나름대로 사회를 맡아 진행하기로 했는데 김태현 선생님은
선생님만의 스타일대로 한 책상에 4명이 앉게 되어 있는 도서실의 구
조를 활용해서 한 책상에서 각자 차분하고 말을 잘 정리해서 말할 수
있는 친구를 하나, 둘, 셋! 하면 지목하여 독특한 방식으로 책상마다
사회자를 뽑았다. 나도 사회자로 뽑혀 책상마다 김태현 선생님에 대
해 궁금한 점이나 '교사'라는 직업에 대해 궁금한 점을 한가지로 정
리하여 발표해달라는 말씀을 듣고, 내가 앉아 있는 책상 친구들의 의
견을 발표하였다. 김태현 선생님은 각 책상의 질문들을 대답해 주시
면서 정말 의미 있는 말씀들을 많이 해주셨다. 그중에서 기억에 남는
말씀을 몇 개 적어보자면 교사가 되려고 이 자리에 있는 우리에게 교
사라는 직업은 정말 가치 있는 직업이라고 하셨다. 왜냐하면, 대부
분 직업은 자신이 행한 노력이 성과나 눈으로 도드라지게 보이지 않

지만, 교사라는 직
업은 자신으로 인
해 한 아이가 변하
거나 그 변화가 자
신에게까지도 영향
을 미치는 직업이

기 때문이라고 말씀하셨다.

　그리고 김태현 선생님께서도 자신의 교직 생활 중 공부도 열심히
안 하고 말썽만 피우는 학생이 있었는데 어느 날 수업시간에 시를 쓰
는 활동을 하다가 그 학생이 다른 친구들보다 기발하고 독특한 발상
을 해서 'ㅇㅇ야, 너 시 쓰기에 소질이 있구나!'라는 선생님의 이 한마
디가 당시 고1이었던 그 학생이 3년 동안 선생님께 빠짐없이 매일 시
를 써옴으로써 고등학교를 졸업하고 나서도 열심히 공부하여 1년 재
수하고 자신이 원하던 대학교에 진학한 사례를 들려주셨다. 이 얘기
를 듣고 선생님의 한마디가 아이의 인생을 바꾸어놓을 수 있다는 것
은 무엇보다 가치 있는 일이 아닐 수가 없다는 것을 깨달았다.

　그리고 한 조에서 "김태현 선생님께서 교직 생활을 하면서 '이 학생
은 꼭 교사를 하면 좋겠다'라고 생각한 학생이 있나요?"라는 질문이
들어왔는데 이 질문을 들은 김태현 선생님께서는 오히려 이동진 선
생님께 그런 적이 있었는지 물어보았다. 그러자 이동진 선생님께서는
"아람이요."라고 한 순간 겉으로는 부끄러웠지만, 한편으로는 기분이
너무 좋아 날아갈 것만 같았다. 선생님의 이 한마디가 나에게는 앞으
로 교사가 되어야 하는 이유가 되어버렸고 요즘 대학교 입시 준비로
지치고 속상하고 꺾여 있던 자신감을 살려주는 기회가 되었다. 또한
앞으로 교사가 되고 싶은 김아람이 아닌 교사가 되어야 하는 김아람

이 될 수 있도록 한 발짝 다가가는 시간이 되었다.

　그리고 교사는 감정 제어를 항상 해야 하며, 감정 노동자라고 불린다는 김태현 선생님의 말씀을 듣고 공감이 되면서 한편으론 웃지 못하는 교사의 슬픈 현실이라고 생각했다. 그동안 제가 생각해 왔던 선생님은 학생이 힘든 일이 있거나 고민거리가 있으면 언제든지 들어줘야 하고 해결해 줘야 한다고 생각했는데 이번 강의를 듣고 선생님의 처지에서 생각해 보면서 학생이 자신의 감정만 생각하고 선생님께 자신의 감정을 쏟아내면 선생님도 인간인지라 선생님 자신의 감정과 학생이 자신에게 쏟아놓고 간 감정을 추슬러야 하기 때문에 버겁고 솔직한 자신의 감정이 무엇인지 알 수 없어 혼란스러울 거라는 생각이 들었다.

　마지막으로 김태현 선생님께서는 교사에게 학생이란 희망이자 절망의 존재라는 말씀을 하셨다. 사실 처음에 이 말을 듣고 나서는 교사를 희망하는 학생들은 대부분 사랑스럽고 귀여운 아이들을 보며 힘을 얻을 수 있다고 생각하며 교사를 희망하는데 오히려 현실에서는 이런 아이들로 상처를 받고 절망을 얻는다는 것이 사실 이해가 잘되지 않았다. 그러나 교사와 학생은 애증 관계일 수밖에 없다는 것과 버티는 것이 이기는 것이라는 얘기를 듣고 교사란 그 무엇보다 단단해야 하고 흔들리지 않는 마음과 정신을 단련시킬 줄 알아야 한다는 생각이 들면

서 강의가 끝나갈 때쯤 김태현 선생님의 말씀 뜻을 조금 알 것 같았다.

　다른 사람이 보기엔 그냥 학교에서 하는 한 프로그램이라고 생각할지도 모르지만, 사실 몰입독서여행이라는 프로그램은 이동진 선생님께서 우리를 위해 휴일인 일요일에도 학교를 나오시면서 이런 뜻깊은 자리를 마련해 주신 프로그램이다. 그래서 이번 프로그램은 나에겐 교사가 되고 싶은 한 사람으로서 어떤 교사가 되고 싶은지 그냥 막연하게 생각하기보단 조금 더 현실적으로 내가 진심으로 하고 싶은 것은 무엇인지, 교사라는 직업을 희망하면서 잊지 말아야 할 나의 본질은 무엇인지 깊이 있게 생각해 보는 의미 있는 시간이 되었다. 미국의 래퍼 겸 사회활동가인 프린스 이에이(Prince Ea)는 한 연설에서 이런 말을 했다. "학생은 전 세계 인구의 20%이지만 그들은 우리 미래의 100%입니다." 이처럼 '교사'라는 직업은 이런 아이들을 가르치고 이끌어 가야 하는 존재이다. 이번 몰입독서여행으로 다른 친구들도 저처럼 자신이 변화하는 계기가 되어 교사라는 직업의 앞길을 밝혀주는 가로등 불빛과 같은 존재가 되었으면 좋겠다.

교사, 삶에서 나를 만나다

1학년 안민경

교사를 꿈꾸며 나중에 정말 선생님이 된 나의 모습을 종종 상상하곤 한다. 아이들과 함께 즐겁고 유익한 수업을 만들어가는 장면을 떠올릴 때면 벌써 설렌다. 이 세상 모든 교사와 예비 교사들이 꿈꾸는 이상적인 수업의 모습은 사실 쉬운 것이 아니다. 그래서 꿈 많고 열정 많은 선생님이 좌절하고 자책하고 우울감에 빠지는 것 같다. 이 책은 그렇게 상처받은 교사에게 따뜻한 위로 한마디, 힘찬 응원 한마디를 건네기 위해 쓰인 책이라고 한다. 그리고 이 책을 쓰신 김태현 선생님도 현직 고등학교 국어교사로 계신다. 그래서인지 담담하지만 솔직하고 울림 있는 글귀들이 책을 읽는 내내 많았던 것 같다.

수업을 바꾼다는 건 정말 어려운 일이다. 수업은 교사 혼자만 바뀌면 되는 것이 아니라 학생들도 함께 그 과정을 밟아야 하기에 교실 안에서의 변화는 쉽게 도전할 수 없는 교사들의 난제가 되었다. 그런데도 김태현 선생님은 많은 눈물과 땀을 흘리며 수업을 준비하시고 또 그만큼 수업에 변화를 만드신다. 그럴 때마다 주변 선생님들이 물어보신다고 한다.

"선생님은 수업 변화가 이렇게 힘든 작업인데, 왜 그 고통의 길을 계속 가려고 하나요?"

그럼 선생님은 다음과 같이 대답한다고 하신다.

"나는 교사니까요!"

짧고 간결한 이 문장이지만 나는 이 구절을 넘어가기 어려웠다. 무언가 가슴 속에서 울렁거림이 느껴졌다. 이 울렁거림의 이유를 찾아 한참을 생각하고 또 생각했다. 그러다 무엇인가 번뜩 나의 머릿속을 지나갔다. 어쩌면 너무나도 가까이 있지만 당연하게 느껴져 간과하고 있던 것, 바로 '교사'라는 직업의 사명감이었다. 처음 내가 교사가 되겠다고 마음을 먹었던 때는 너무 오래전이라 기억도 잘 나지 않는다. 하지만 어렴풋이 기억나는 것 한 가지는 누군가의 삶에 영향을 줄 수 있는 사람이 교사라서 이 직업을 더욱 동경하며 꿈을 키워왔던 것 같다. 다른 이유는 없다. 그저 내가 이 아이들의 선생님이기에 계속 도전하고 노력해야 하는 것이었다. 아주 오랜만에 다시금 초심을 되찾을 수 있었다. 그리고 뒤에 덧붙여지는 김태현 선생님의 말씀처럼 나의 수업이 단 한 명의 학생이라도 삶의 큰 의미가 될 수 있다면 수업에 기대하고 노력하는 교사가 되고 싶다는 생각도 함께 들었다. 내 말 한마디 한마디가 누군가에게는 꿈이 될 수도 있고 힘이 될 수도 있다는 것, 그것이 바로 교사의 큰 역할일 것이다.

또 이 책은 수업에 교사 자신이 녹아 들어가 있어야 한다고 약간의 조언을 해준다. 그리고 그렇게 하기 위해선 먼저 교사 자신을 스스로 사랑할 줄 알아야 한다고 하신다. 나 자신을 사랑한다는 것은 너무나도 당연하기 때문에 하루에도 몇 번씩 다짐하지만 언제 그랬냐는 듯 또다시 실패하고 마는 복잡한 일이다. 자신에게 내린 엄격한 잣대에 그것이 맞지 않는 옷임을 알면서도 억지 끼워 넣어 좌절을 반복하는 사람들에게 어쩌면 그것은 불가능의 일일지도 모른다는 생각이 들었다. 그렇기에 모두와 경쟁하는 치열한 이 사회에서 나 자신을 사랑하지 않고 아이들을 사랑하겠다는 생각은 모순이 있다. 그렇다면 어떻게 교사가 나 자신을 사랑할 수 있을까? 나는 잠시 고민하다 다시 책장을 넘기기 시작했고 질문에 대한 해결의 실마리를 찾을 수 있었다. 그건 바로 내 감정에 솔직해져 보자는 것이다. 똑똑한 척, 괜찮은 척, 강한 척, 행복한 척…. 이런 모든 '척' 대신 나의 내면을 그대로 바라보고 진짜 나를 알아보는 것, 그것이 도움을 줄 거라 김태현 선생님은 이야기하신다. 보통 우리는 어두운 감정을 느낄 때면 약한 자들이 느끼는 감정이라고 생각하며 남들 앞에서 억누르려고만 했을 것이다. 사실 그런 자신을 만져주고 이해해야 하는데 말이다. 많은 사람이 부정적인 감정을 가지는 것에 대한 죄의식을 가지고 사는 것은 아닌지 고민해 볼 필요가 있는 구절이었다. 하지만 아이들과 진정으로 공감하고 소통하려면 아이들의 마음을 먼저 파악하려고 하기보다 나를 먼저 알고 진심을 담아 한 명 한 명을 마주해야 한다는 깨달음을 얻었다.

이 책은 아직 내가 경험해 보지 못했지만, 그동안 걱정만 할 수밖에 없었던 고민을 누구보다 솔직하지만 담담하게 풀어주며 두 손을 꼭 잡고 위로해 주고 때론 묵직한 울림으로 많은 생각에 빠지게 한 소중한 선물이었다. 특히 공감이 가는 글귀들이 많아 나를 눈물짓게 했다. 그중에서도 이 책에서 모두에게 해주고 싶은 구절과 함께 글을 마무리지으려 한다.

"혼자서 버티느라고 정말 힘들었지? 여기까지 오느라고 참 수고했어. 이제는 좀 쉬어. 너는 지금으로도 충분해."

교사, 삶에서 나를 만나다

1학년 윤민서

    교사를 꿈꾸고 있는 나는, '교사'라는 직업이 짊어진 무게보다 표면상으로 보이는 편의만을 선망하고 있었다. 그런 나에게 이 책은 신선한 충격으로 다가왔다. 교사가 겪는 고충들을 여과 없이 드러냈기 때문이다. '교사, 삶에서 나를 만나다'는 국어 교사이자 좋은 교사 수업 코칭연구소에서 부소장이신 김태현 작가님이 지치고 외로운 교사에게 위로하고자 쓴 책이다. '본질', '감정', '신념', '창조', '공동체'라는 5가지 키워드를 가지고 교사 자신의 삶을 돌아보고, 교사들이 겪는 고충을 예술과 문학작품을 인용하여 위로한다. 많은 문학 작품이 수록되어 있는데, 그 문학작품을 교사의 삶과 연관지어 더욱 몰입하여 읽을 수 있었다. 그중 내가 가장 인상 깊었던 것은 '박상천의 통사론'이라는 시이다. '주어와 서술어만으로 이루어진 문장에는 눈물도 보이지 않고 가슴 설렘도 없고 한바탕 웃음도 없고 고뇌도 없다'라는 구절이 특히 기억에 남는다. 교사의 전문성은 차가운 교과 지식 속에서 따뜻한 감성, 바른 의미, 가치를 복원하는 것에 있다고 책에서 말한다. 나는 이 부분을 읽으며 '부사어'를 찾아내는 교사가 되고 싶다고 생각했다. 교과 지식만이 아닌, 교과 지식 속의 숨은 의미와 배움의 가치를 함께 가르쳐 줌으로써 학생들이 진정한 배움과 즐거움을 느낄 수 있도록 도와주고 싶다.

또 하나 인상 깊었던 부분은 이 문제의 '어떤 경우'가 실려 있던 부분이다. 어떤 경우에는 내가 이 세상 앞에서 그저 한 사람에 불과하지만, 어떤 경우에는 내가 어느 한 사람에게 세상 전부가 될 때가 있다고 말한다. 이에 '오늘도 힘겨운 하루지만 어떤 경우에는 내 수업이 어느 한 학생에게 세상에 전부가 되기에 수업한다.'고 김태현 작가님은 말씀하신다. 내가 교사를 존경하는 이유가 담긴 구절이기에 한참이나 그 페이지를 바라보았다. 누군가에게 선한 영향을 줄 수 있다는 것, 누군가에게 전부가 되어 희망이 되어 줄 수 있다는 것. 이 모두 교사가 할 수 있는 일이다. 그게 참 멋지다고 항상 생각해 왔는데, 이 부분을 읽고 교사에 대한 존경심이 더욱 커졌다.

이 책의 마지막 페이지를 넘길 때까지 참 많은 감정을 느낀 것 같다. 어떤 페이지에선 눈물이 조금 났고, 어떤 페이지에선 화도 나고, 어떤 페이지에선 부러운 감정도 들었다. 다 읽고 나서도 여운이 남아 한참이나 책을 만지작거렸던 것 같다. 그리고 나도 성숙한 교사가 되어, 책을 내고 싶다고 생각이 들었다. 김태현 작가님처럼 교직 생활을 하며 겪었던 나의 경험과 느낌을 엮어 교사의 꿈을 가진 사람들에겐 희망과 힘이, 현 교사들에겐 위로가 되는 책을 내고 싶다고 생각했다.

교사, 삶에서 나를 만나다

• • •

2017년 12월의 교육부의 조사 결과에 따르면 초 · 중 · 고생들의 희망 직업으로 '교사'가 11년째 1위를 차지했다고 한다. 이렇게 많은 학생이 11년째 계속해서 교사라는 직업을 꿈꾸지만, 현실의 교사들에게 설문조사를 한 결과 10명 중 4명은 교사가 아닌 다른 직업을 갖고 싶다고 조사에 응했다. 나는 교사라는 직업을 긍정적으로 생각하고 있으므로 무엇이 문제일까 고민해 봤다. 이런 나의 궁금증에 대한 답을 오늘 이야기해 볼 책인 '교사, 삶에서 나를 만나다'에서 알 수 있었다.

책의 저자는 백영고등학교의 국어 선생님이시며, 좋은 교사 수업코칭연구소 부소장이신 김태현 선생님이다. 김태현 선생님은 지친 삶에 위로가 되는 다양한 그림과 시를 인용하여 교사의 고단한 일상을 솔직한 감정으로 풀어냈다. 지칠 대로 지친 선생님들이 안식을 얻고 새로운 힘을 얻기를 바라며 말이다. 나는 책에 나왔던 많은 그림과 시 중에서 큰 감동을 주었고 나의 시선을 오랫동안 끌었던 두 작품을 가지고 이야기해 보려고 한다.

먼저 이야기해 볼 작품은 〈3장. 삶에서 내 신념과 만나기〉 부분에서 고흐의 'a pair of shoes'라는 그림이다. 신발의 주인이 오늘 하루를 어떻게 보냈는지는 몰라도 누가 봐도 정말 고단하고 힘든 하루를 보낸 후 벗어놓은 신발이란 걸 알 수 있을 정도로 해지고 어둡다. 나는 이 그림을 보고 선생님들의 수고로움이 떠올랐다. 사실 선생님이라는 직업이 모두 힘들지만 나는 고등학교 선생님이 가장 힘들다고 생각한다. 고등학생이 되기 전에는 알지 못했지만, 내가 고등학생이 돼 보니 아침 일찍 출근해 아이들이 야간 자율학습을 끝낼 때까지 학교에 있어야 하고, 정규 수업시간 외에 방과 후 수업까지 해야 하기 때문이다. 또 거의 성인과 비슷할 정도로 큰 학생들이기 때문에 선생님들께 예의 바르게 행동하지 않는 학생들도 많다. 따라서 고등학생들이 선생님을 폭행하는 말도 안 되는 상황이 벌어지기도 한다. 마지막으로는 생활기록부 작성과 고등학교 3학년 선생님인 경우엔 입시라는 무시무시한 일이 있다. 얼마 전 수시 원서접수 기간에 고등학교 3학년 담임 선생님들이 너무 지쳐 있으신 모습을 보고 정말 안타까웠다. 한 명의 선생님이 약 30명의 학생과 상담하고 원서접수를 도와야 하기 때문이다. 이렇게 하루를, 어떻게 생각하면 조용히 앉아 수업을 듣고 공부를 하다 집에 오는 학생들보다 더 고생하시는 선생님들이 집에 와 침대에 쓰러지듯 눕기 전 벗어놓은 신발의 모습이 고흐의 'a pair of shoes' 같을 것 같다.

두 번째로 이야기해 볼 작품은 〈4장. 삶에서 내 창조성과 만나기〉 부분에 나오는 나희덕의 '귀뚜라미'라는 시다. 책에서 김태현 선생님은 시를 통해 수업의 창의성에 관하여 이야기하시지만 나는 다른 쪽으로 생각해 보았다. 중학교 3학년 때 도덕 부장이어서 수업시간마다 교무실에서 책과 노트북을 들고 왔었는데, 우연히 펼쳐져 있는 선생님의 교과서를 보고 매우 놀랐었다. 수많은 필기와 예시들이 가득 적혀져 있었기 때문이다. 이렇게 선생님들은 우리에게 더 좋고 다양한 내용을 알려주시기 위해 노력하신다. 하지만 나는 선생님들이 이렇게

까지 미리 공부하시고 열심히 준비해 오신다는 것을 알지 못했었다. 아마 학생 대부분이 알지 못할 것이다. 이 시에 나오는 귀뚜라미는 선생님과 비슷하다. 열심히 울지만 아무도 들어주지 않는다. 하지만 누군가의 가슴에 실려 가는 노래일 수 있을까 봐 계속 운다. 선생님은 학생들이 조금이라도 더 배울 수 있게 아무도 알아봐 주지 않지만, 열심히 수업을 준비한다. 이러한 선생님들의 모습이 귀뚜라미와 닮았다고 생각한다.

'교사, 삶에서 나를 만나다'는 교사들을 위한 위로의 책이라 현직 교사들이 읽으면 훨씬 도움이 될 것으로 생각한다. 하지만 어디서도 찾아보기 힘든, 현재 활동하고 있는 교사에게 교사의 힘든 점과 이 점을 이겨내는 방법, 이와 관련된 여러 솔직한 이야기를 들을 수 있으므로 교사를 꿈꾸는 교사 지망생들이 읽기에 너무나 좋은 책이다. 교사에 관해 자세한 이야기를 들을 수 있어 미래에, 자신에게 생길 수도 있는 일들을 대비할 수 있기 때문이다.

나는 마지막으로 〈5장. 삶에서 공동체와 만나기〉 부분의 정현종의 '방문객'이라는 시의 마지막 구절을 말하고 싶다. '모두 어떻게든 살아 견디고 있다. 모두 어떻게든 살아 이기고 있다' 어떻게든 살아 견디고 있지만, 너무 힘들 때는 잠시 쉬며 자신의 삶을, 자신의 삶에서 잃어버린 나를 찾아야 한다. 많은 힘듦, 아픔, 외로움이 있어도 묵묵히 이겨내 자신의 길을 걸어가고 있는 '교사'가 바로 우리 교육의 희망이기 때문이다.

교사, 삶에서 나를 만나다

• • •

2학년 최지우

'멋진 수업을 하겠다고 밤늦게까지 수업 준비하는 교사들, 척박한 환경에서도 학교를 혁신하겠다고 동분서주하는 교사들, 변화의 흐름 속에 괜히 위축되어 웅크리고 있는 교사들, 사람들에게 상처받아 더는 학교에 나오고 싶지 않은 교사들, 알 수 없는 무기력에 수업에 들어가는 것조차 버거운 교사들, 완벽하게 일을 처리하려 하지만 자신의 능력 없음에 슬퍼하는 교사들, 어느 순간 학생들이 미워지고 화가 치밀어 올라서 수업이 힘들어진 교사들.' '교사, 삶에서 나를 만나다'의 프롤로그 중 한 문장이다. 과거 교사보다 현재 교사의 임무는 다양해지고, 그 중요성 또한 커졌다. 교사는 단순히 지식을 잘 가르치는 것만으로는 살아남을 수 없다. 교육 현장에서 도태되지 않도록 끝없이 수업 혁신을 일으키고, 학교 혁신을 가져와야 한다. 이러한 분위기 속에서 학교 현장은 발전하였지만, 정작 교사에게 귀기울이는 이는 아무도 없다. 자신만의 교육 이념을 이루기 위해 열심히 노력하는 교사나 교직 생활에 염증을 느끼는 교사라고 할 것 없이 많은 교사는 벼랑 끝에 위태롭게 서 있다. 현재 교사의 10명 중 4명은 우울증을 경험한다고 한다. 그만큼 많은 교사는 끝없이 자신을 소모하고, 고통스러워하고 있다. '교사, 삶에서 나를 만나다'의 작가는 자신의 경험을 바탕으로 변화하기에는 지쳐버렸고 모든 것이 버거운, 해야만 한다는 조급함에 앞으로만 열심히 뛰어온 교사들에게 잠시 멈춰 서서 삶에서 잃어버린 나를 찾아볼 수 있도록 돕고 있다.

'교사, 삶에서 나를 만나다'는 교사라는 직업의 밑면을 낱낱이 드러내고 있다. 그동안 교사는 학생들에게 좋은 가르침을 주기 위해 노력하는 아름답고 가치 있는 직업이라고 생각해왔다. 그래서 꼭 교사가 되어 의미 있는 가르침을 줌으로써 학생들이 자신의 삶을 더 가치 있게 꾸려나가는 데 도움을 줄 거라고 다짐해왔다. 하지만 '교사, 삶에서 나를 만나다'에서 만난 교사의 실체는 에곤 실레의 '이중 자화상 (Double Self Portrait! 1915)' 그림처럼 메마르고 상처가 나 있었다. 특별하고 훌륭한 수업을 해내기 위해서 끊임없이 노력했음에도 그것을 받아들이지 못하는 학생들을 보며 자신에게 실망하고, 자기 삶조차 제대로 돌보지 못하는 것이 교사였다. 항상 크게만 느껴졌던 교사에게도 힘든 점이 있을 것이라고는 생각했지만, 그 고충이 이렇게 클 것이라 예상치 못했다. 그래서 조금 두려워졌다. 내가 좋은 교사가 될 수 있을지 걱정도 되고, 나의 기대치에 충족하는 수업을 해내지 못할 것이라는 불안감이 생겼다. 하지만 곧 이것은 나의 환상이라는 것을 깨닫게 되었다. 교육 현장의 혁신은 한계가 있고, 학교와 학생, 교사 모두에게 완벽한 교육 현장이라는 환상은 거짓된 거품일 뿐 현실을 생각하는 것이 필요하다. 그래도 이런 변화를 꿈꿀 수 있는 것이 바로 교사라는 생각이 들었다. 내가 꿈꾸는 교육자로서의 모습이 될 수 있도록, 그것이 환상이 아니라 현실이 될 수 있도록 온 힘을 다해 노력하는 모습이 진정한 교사의 자세가 아닐까 싶다.

그리고 이 책은 좋은 교사가 지녀야 할 자질은 수업 능력과 학생들과의 관계 맺기도 있지만, 무엇보다 나 자신을 잃지 말아야 한다고 역

설한다. 그동안 교육과 관련된 책을 읽어오며 잘 가르치는 기술이나 학생들과 좋은 관계를 맺는 방법에 대해서는 배웠지만, '나'는 생각하지 못했던 부분이었다. 사실 지극히 당연한 이야기이다. 화려한 수업 기술을 사용해 멋진 수업을 해내도, 엄청난 친화력으로 학생들에게 다가가더라도 나 자신이 없다면 그것은 무의미할 것이다. 하지만 정말 어려운 일이다. 지금까지 교사라는 꿈을 이루기 위해서 열심히 노력해왔지만, 나를 잃지 않았는지는 모르겠다. 남들보다 부족하다고 느끼고 바쁘게 뛰어다녔지만, 뒤를 돌아보면 공허한 감정만이 남아있었다. 어쩌면 교사가 되어서도 나 자신은 잃은 채 좋은 수업과 학생들과의 관계에만 고민하다가 쉽게 지칠 것 같다는 생각이 들었다. 이제는 나 자신을 되돌아보는 시간을 가져야겠다. 감정과 완벽주의, 무기력, 외로움까지 다양한 감정들이 나를 괴롭히겠지만 솔직하게 인정하고 다독일 것이다.

'교사, 삶에서 나를 만나다'에서 가장 기억에 남는 것은 '나만의 수업'이다. 사실 지금의 교육 과정은 정말 마음에 들지 않는다. 과거보다 많이 발전했지만, 여전히 대부분 암기 위주의 수업이다. 교사가 되면 평범한 교육 과정이더라도 최대한 창조성을 발휘하여 학생들에게 메시지를 전달하는 수업을 하고 싶다. 작년에 내가 좋아하는 디즈니 애니메이션 '주토피아'를 주제로 '차별과 편견'에 대해서 수업을 했었다. 어떤 메시지를 전달하면 좋을까 하는 고민에서부터 시작하여 준비하는 동안 과연 내가 잘 해낼 수 있을지 걱정도 되었다. 하지만 수업을 마치고 나니 45분이라는 시간 동안 친구들에게 차별과 편견에 대해서 생각해 볼 수 있는 경험을 만들어 준 것 같아 기뻤다. 그저 보고 지나칠 수 있는 영화 장면이더라도, 나만의 의미를 부여해가며 수업 자료를 준비하는 동안 마음이 가득 차오르는 것을 느꼈다. 작가님만큼 능숙하게 수업을 준비할 수 있을 때까지는 오랜 시간이 걸리겠지만, 지금의 마음을 잊지 않고 노력해나간다면 나만의 수업을 완성할 수 있을 것이라 믿는다. 내가 꿈꾸는 것이 환상이 아닌, 현실로 바꾸는 힘은 오직 나에게만 있다. 나 혼자 생각하고, 감동하는 자화자찬의 '나만의 수업'이 아니라, 학생들도 공감할 수 있는 수업을 하고 싶다. 그때가 오기를 손꼽아 기다린다.

교사는 칸딘스키의 '원 속의 원'이라는 그림 같다. 수업을 잘하고 싶어도, 학생들이 잘 따라와 주지 않아 그 간격에서 생기는 딜레마로 마음이라는 원 안에 계속 원이 생겨난다. 그 과정에서 받은 상처는 직선으로 찍찍 그어져 흉터로 남았다. 하지만 다채로운 색깔의 원이라는 희망을 품게 된다. 좋은 수업을 할 수 있을 것이라는 희망과 나의 가르침으로 학생들이 변화할 것이라는 희망에 원 속에 원을 그리고 또 그려도 포기할 수 없는 것이다. 언젠가 나의 마음속에도 수많은 원과 직선 같은 생채기가 새겨질 것이다. 하지만 빨강, 노랑, 초록, 보랏빛의 희망을 보고 다시 일어서겠다. 나 자신을 다독여가며 학생들

에게 메시지를 줄 수 있는, 나만의 수업을 해낼 수 있다는 환성을 현실로 바꾸어나가는데 노력할 것이다. '교사, 삶에서 나를 만나다'는 현직 교사뿐만 아니라 예비 교사, 삶에 지친 이들에게 모두 권하고 싶은 책이다. 모두가 이 책을 읽고 나 자신을 되돌아보는 시간을 가졌으면 좋겠다.

교사, 삶에서 나를 만나다

김태현 | 에듀니티

  '본질', '감정', '신념', '창조', '공동체'라는 5가지 키워드를 가지고 교사 자신의 삶을 돌아본다. 수업을 잘하려고 하지 말고 자기 삶을 살아야 하며, 그러기 위해서는 내가 어떤 사람인지 알아야 한다고 말한다. 나만의 공간에서 나만의 시간을 갖고 나의 삶을 생각해 보라고 말한다. 이를 위해 저자 자신에게 도움이 되고 위로를 주었던 시와 그림들을 소개하고 있다. 그리고 그 안에서 나는 충분히 잘 살고 있다는 메시지를 전한다.

http://www.kyobobook.co.kr/product/detailViewKor.laf?ejkGb=KOR&mallGb
=KOR&barcode=9791185992259&orderClick=LAG&Kc=

책 읽어 주는

아이들에게 학급 책을 읽어주는 시간이 처음이어서 설레고 긴장되기도 했다. 어떻게 해야 아이들이 지루해 하지 않고 실감 나게 읽어줄까가 가장 고민 되었다. 긴장을 해서 그런지 먼저 아이들에게 다가가는 것이 너무 어려웠다. 다행히 아이들이 먼저 책을 읽어달라고 부탁해서 처음으로 책을 읽어주게 되었다. 아이들이 가지고 온 책은 공룡 책이 있는데 공룡 흉내를 내면서 읽어 주든 나의 모습이 웃기기도 했다.

오래도 내가 공룡인 것 처럼 읽어주다 보니 아이들도 재미있어하고 모두 공룡 흉내를 냈다. 처음으로 책 읽어주기라는 활동을 해서 부족한 점이 많았음에도 불구하고 아이들이 좋아 해주께 너무 고마웠고 뻑뜻했다. 다음에 책 읽어주기 활동을 할 때에는 더 열심히 준비하고 아쉬움 없이 활동 하고 싶다.

chapter8

우리가
만드는 학교

학교생활을 하던 중 느낀 불편함에서 시작된 학교 공간 개선 프로젝트는

우리가 직접 학교를 바꾸어보자는 취지에서 시작되었습니다.

학교 구석구석을 찾아다니고 친구들의 이야기를 들어보며

학교 공간의 중요성을 다시 한번 깨달을 수 있었습니다.

학교 공간 개선 프로젝트

• • •

2학년 류설희

이동수단, 주거환경, 디지털 기계 등 우리 주변의 삶은 편리함을 위해 변화하였다. 그런데 학교의 모습은 예전의 모습에서 현재의 모습이 변화하지 않고 똑같다고 해도 과언이 아니다.

파리대학 대학원 정신병리학 박사 미셸 푸코는 "감옥이 공장이나 학교 병영이나 병원과 흡사하고 이러한 모든 기관이 감옥과 닮은 것이라 해서 무엇이 놀라운 일이겠는가?"라고 충고하셨다. 미셸 푸코의 말처럼 실제로 교도소의 평면도와 학교의 평면도를 비교해 보면 같은 건물이라고 느껴질 정도로 비슷해 보인다. 우리가 죄인도 아니고 교도소 같은 공간에서 공부하고 생활을 한다는 것이 끔찍했다. 그래서 교도소 같은 학교의 모습을 바꿔야 한다고 생각을 하게 되었다.

학교의 모습을 바꿔야 한다는 생각을 가지고 '학교를 만들자! (어린이를 신나게 하는 공간)'라는 책을 접하게 되었다.

'학교를 만들자'라는 책의 배경이 된 하카타 초등학교는 4개의 학교가 통폐합되면서 만들어진 학교로, 도심형 학교, 오픈 스쿨, 학교시설 복합화 등의 특징으로 학교 건축에 관심이 있는 사람들의 방문이 끊이지 않는 곳이라고 한다. 저자는 이 책에서 '미래의 꿈나무인 아이들이 가장 많은 시간을 보내는 학교라는 공간이 집보다 열악해서는 되겠는가?'라고 반문하며, 학교도 집처럼 목적에 따른 공간 구성 및 아이들에게 적합한 가구 배치 등을 통해 아이들이 가고 싶어 하는 곳으로 만들어야 한다고 말하고 있다.

하카타 초등학교는 평소의 생각하지 못했던 학교의 문제점을 지적하고 그러한 점을 보완하기 위해 학교의 모습이 이전과는 다른 모습으로 탄생했다.

하카타 초등학교에서 첫 번째로 지적한 문제점은 '학교와 집은 다르다'라는 사고방식이다. 이것은 지금까지의 사고방식이기 때문에 아이들은 학교에서 춥든지 덥든지 더럽든지 무조건 참아야 했다. 가정에서는 예쁜 인테리어나 깨끗한 화장실 편안한 가구 제대로 된 에어컨과 난방, 이처럼 모든 것에 신경을 쓴다. 그런데 아이들이 대부분 시간을 보내는 장소가 학교인데도 불구하고 학교는 덥고 춥고 더러운 공간이 되었다. 그래서 '가고 싶지 않은 곳'이 되었다. 이러한 문제점 때문에 초등학교에서는 이미 '양호실 등교'라는 현상이 나타나고 있다.

그래서 하카타 초등학교는 아이들의 마음을 편하게 하는 공간을 만들기 위해서 먼저 더럽다고 생각되는 화장실을 변화시켰다. 보통 화장실 하면 더러움, 냄새, 불편함, 축축함 등의 이미지가 떠오른다. 그 때문에 아이들은 화장실을 가기 싫은 곳이라고 생각하는 것이 당연하다. 이러한 문제점을 해결하기 위해서 하카타 초등학교는 화변기와 양변기를 1:1 비율로 설치하고, 냄새를 없애는 도료와 암모니아 성분을 중화하는 바닥 마감, 환기 등을 고려하여 쾌적한 공간을 만들어서 아이들이 불편하지 않게 사용할 수 있게 만들었다.

일본의 나가사 교수는 "자발성이나 한 명 한 명의 개성을 이끌어내는 것과 함께 자신의 생각을 여러 사람 앞에서 발표해 가는 표현력을 키우는 것이 커다란 과제입니다. 앞으로 교육 현장에서는 그 같은 기회가 늘어나겠지요."라고 말했다. 이러한 조언 덕분에 하카타 초등학교는 '표현의 무대'를 만들었다. 표현의 무대는 부채꼴 형태의 계단으로 되어 있고 큰길 쪽의 벽을 대담하게 유리로 마감하여 개방적으로 처리해 누구나 아이들의 학습 풍경을 볼 수 있게 했다.

이 책에 나오는 하카타 초등학교처럼 우리나라의 학교도 본받아 문제점을 개선하여 아이들이 행복한 학교를 만들어야 한다. 그래서 우리 학교의 문제점을 알아보고 개선하기 위해 동아리 에듀에듀 친구들과 함께 '학교 공간 개선 프로젝트'를 하게 되었다.

에듀에듀는 세명고등학교에 어떤 문제점이 있는지 살펴보았다. 그결과 4가지 문제점을 포착할 수 있었다. 그래서 세명고등학교의 공간을 변화시키기 위해 어떻게 변화하면 좋을지 에듀에듀 친구들과 함께 고민하며 많은 이야기를 나눴는데 '소통이라는 키워드로 학교의 공간을 개선하면 어떨까?'라는 생각을 하게 되었다.

제일 먼저 개선이 필요한 공간은 본관 4층의 조용한 신문 코너였다. 재학생에게 신문 코너가 어디 있냐고 질문을 하면 답을 하지 못할 정도로 신문 코너는 홍보가 되어 있지 않았다. 매일 새 신문이 들어오지만, 학생들이 보지 않으면 그것은 의미가 없다. 그리고 교무실 옆

작은 교실들도 창고로 쓰여 학교의 학습 공간으로서의 용도를 다하지 못했다. 이 문제점을 해결하기 위해서 신문 코너와 작은 교실은 학생들이 신문과 친해져 세상과 소통하는 힘을 길러주는 공간이 되었으면 좋겠다고 생각했다. 세상과 소통이라는 주제와 걸맞게 작은 교실의 문을 없애 개방적인 공간으로 바꾸어 개방적인 NIE 활동을 할 수 있게 하는 것이다. 그리고 학교 신문인 라온누리가 항상 교실 한구석에 박혀 있고 학생들도 거의 관심이 없었는데 이렇게 개방적인 NIE 공간을 만들어서 학교 신문을 전시한다면 NIE 활동이 활성화될 것이라고 생각했다.

우리 학교는 층마다 페인트 색깔을 달리 칠하지만, 그것뿐이다. 칙칙한 계단과 복도는 하루 대부분을 학교에서 생활하는 학생들에게 삭막한 기분을 들게 만든다. 칙칙한 계단과 복도는 예술과 소통의 힘으로 밝은 공간이 되었으면 좋겠다고 생각했다. 그래서 울산 신복초등학교의 타일 벽화에서 영감을 받아 타일 벽화 사업을 생각하게 되었다. 세명고등학교에는 많은 대회와 활동이 많지만, 예술 활동이 항상 부족하다고 생각했다. 그런데 타일 벽화 사업을 한다면 예술을 지향하는 학생들에게 도움이 될 것이고 학생들이 직접 학교를 꾸미는 것이기 때문에 학교 주체 의식이 함양이 될 것이라는 기대를 해보았다.

세 번째는 학생 수가 줄어들면서 점점 늘어나고 있는 빈 교실이다. 이러한 빈 교실이 학습 공간으로서의 역할을 다하지 못하고 잉여 공간으로 있는 것이 안타까운 실정이다. 그래서 본관과 도서관 동의 빈 교실들을 소통할 수 있는 공간으로 개선하기 위해 동아리 실, 조별과제 공간, 휴식 공간으로 사용할 수 있는 '다용도 교실'을 생각하게 되었다. 책상과 의자가 다 같은 모양일 필요가 없다는 생각으로부터 시작된 육각형 모양의 책상은 가장 다채로운 책상 모양이라고 한다. 옆으로 붙여도 되고 원형으로 모을 수 있는 장점이 있다. 그래서 이러한 책상이 있다면 즐거운 동아리 활동과 조별 과제가 가능할 것이라고 생각했다. 공간 개선 프로젝트를 하면서 주변 친구들에게 학교의 필요한 공간이나 개선되어야 할 공간을 물어봤을 때 가장 많이 나왔던 공간은 바로 휴식공간이다. 학생들은 하루의 반 이상을 학교에서 생활하고 있다. 제2의 주거 공간이라고 해도 될 만큼의 시간을 학교라는 공간에서 보내는 데 편하게 휴식할 수 있는 공간이 없다는 점이 안타까웠다. 그래서 학교의 빈 교실에 폭신폭신한 소파를 두고 매트를 깔아 학생들이 편하게 쉴 수 있는 휴식 공간을 만들고 싶다.

마지막 공간은 학생들의 학습 의욕을 떨어뜨린다고 말할 수 있는 두드림 실이다. 우리는 학생들이 왜 두드림 실에서 야자를 피하는지

그 원인을 찾아야 한다. 두드림 실은 여름엔 습기로 축축하고, 겨울에는 너무 춥다. 그리고 따닥따닥 몰려 있는 책상 구조는 효율성을 추구한 것이지만, 교육은 효율성 하나만으로 좋은 결과를 기대할 수 없다. 많은 학생이 야간자율학습에 참여하도록 만들자는 취지는 좋지만, 불편한 자습 공간에서의 공부의 질이 좋을지 모르겠다. 서울 상월초등학교에서는 큰 공간을 여러 공간으로 나눈 모습을 볼 수 있는데 이처럼 큰 공간을 여러 공간으로 나누면 각 공간에 뚜렷한 목적이 있으니 그 목적에 더욱 충실할 수 있다. 게다가 이러한 교실은 무미건조한 큰 교실보다 풍성한 활동을 이끌어 낼 수 있다. 그래서 세명고등학교의 두드림 실을 여러 공간으로 나누어 멘토링 실로 변화하면 학생들의 학습 의욕이 높아져 공부에 흥미를 느끼는 학생들이 많아질 것이다. 멘토링 실을 만든다면 공부가 하고 싶어지는 학교가 될 것이고 저절로 학교의 위상도 높아질 것이다.

지금까지의 세명고등학교는 감옥 같은 삭막한 분위기였기 때문에 학습 의욕을 볼 수 없었다. 학교는 학생들의 변화만 기대해서는 안 된다. 학교가 먼저 변화하고 발전한다면 학생들도 자연스럽게 변화되는 모습을 볼 수 있을 것이다.

수고했어, 오늘도 #12

1092 박지호

2017년 7월 23일 〈아이들 방학숙제 도와주기 첫날〉

언젠가 꼭 한번 해보고 싶었던 아이들 숙제 도와주기. 아침 일찍 무거운 몸을 이끌고 기적의 도서관에 도착했다. 어릴 적 수도 없이 다녔던

도서관이었지만, 오랜만에 와서 감회가 새로웠다. 어떤 아이의 숙제를 도와주게 될까? 라는 행복한 고민을 하며 아이들을 기다리던 중,

귀여운 한 여자아이가 눈에 띄었다. 똘망똘망한 눈에 안경을 쓴 정민이라는 아이가 내가 여름방학 숙제를 도와주게 될 아이였다.

평소 아이들과 노는 것을 좋아하던 터라 야기도 많이하며 처음부터 친해질 줄 알았다. 정민이는 낯선 내가 부끄러운지 존댓말을 쓰며
                                                                                              그러나
대답을 별로 하지 않았다. 난 이 어색한 상황을 극복하기 위해 정민이에게 계속 친근하게 말을 걸었다. 그러다가 내 사촌동생과 이름이

비슷하다는 얘기, 정민이와 내가 같은 유치원에 다녔다는 얘기를 하고나니 정민이도 나에게 마음을 열고 다가오려고 노력하는 것 같았다.

우선 수학문제집 풀기를 시작했다. 정민이가 풀다가 틀린 것을 발견했을 때 나는 교과 관련 책에서 읽은 것처럼, 틀린 것에 대해 뭐라 하지 않고

정민이 스스로 찾을 수 있게 도와주었다. 수학 문제를 다 풀고나서 정민이가 나에게 "Why 적 왜이요 돼요?" 라는 질문을 했다.

나는 그 질문이 너무 귀여웠고, 그래서 도서관에 있는 why책을 다 가져다 주고 싶었다. 어렸을 때 why책을 무척 좋아했던 나로서, 정민이와

공통관심사가 하나 더 생긴 것 같아서 좋았고, Why 책의 궁금증, 평소 궁금했던 부분에 대해 얘기하며 즐거운 시간을 보냈다.

2컷처럼 느껴졌던 2시간이 지나고 헤어질 시간이 되자 정민이는 "다음주 일요일에 오나요?" 라고 물었다. 그 질문을 받고서 나는 뿌듯한 마음이

들었다. 헤어지기 전, 아쉬운 마음을 달래고 우리는 귀여운 동물 스티커가 있는 휴대폰 앱으로 사진을 찍고 다음주에 꼭 오겠다 서로 약속했다.

chapter9

선배들의
편지

에듀에듀에게 보내는 글

• • •

경인교육대학교 1학년 유송현

안녕하세요! 경인교육대학교 18학번 유송현입니다.

몇 달 전까지만 해도 세명고등학교 학생이자 에듀에듀 동아리원이었는데, 이렇게 대학생의 신분으로 글을 쓰는 게 신기하기도 하고 떨리기도 해요.

사실 제가 고등학교에 입학한 후 막 동아리에 들었을 때에는 간절히 교사가 되기를 원하지도 않았고 동아리에 큰 의미를 두고 가입하지는 않았던 것 같아요.

하지만 금요일에 모여 교육 영상을 보고 친구들과 이야기를 나눌수록, 소외된 아이들과 이웃들을 배우는 활동을 할수록, 방학마다 교육봉사를 통해 아이들을 만나고 가르치면서 점점 생각이 바뀌어갔어요. 저만의 이상적인 교사상을 세우게 되었고 단순히 교사가 되는 것을 넘어 어떤 사람이 되고 싶은지, 어떻게 살고 싶은지도 생각하게 되었어요.

특히 작가와 함께하는 몰입독서여행을 통해 저는 가치관과 삶이 바뀌었답니다. 제가 읽었던 '꽃은 많을수록 좋다' 책의 작가님은 사회가 정한 기준에서 소외된 아이들에게 공부방이라는 보금자리를 주고, 공동체를 중시하며 아이들의 이모로 살아가고 있었어요.

저는 이렇게 아름다운 사람들과 따뜻한 공간이 존재한다는 사실이 충격이었고 저 또한 그러한 가르침을 받고 싶다는 생각을 했어요.

그리고 정말 운이 좋게도 제가 마침 그 공부방이 있는 인천으로 대학을 가게 되어 공부방에서 함께할 수 있는 기회를 가지게 되었습니다.

그래서 지금 저도 아이들의 선생님이자 '이모'로서 매주 두 번씩 초등학생, 중학생 아이들을 만나고 있어요. 이렇게 지낸 지 5개월이 채 되지 않았지만 셀 수 없이 많은 가르침을 받으며 성장하고 있고 무엇보다 아이들을 정말 사랑하게 되었답니다.

몰입독서여행 활동을 하지 않았다면 저의 많은 것들을 변화시킨 이 책과 작가님을 만나지 못했을 것이고 이렇게 공부방의 일원이 되어 제가 원하는 이상적인 교육을 실천한다는 것은 상상도 못했을 거예요. 그래서 더욱 에듀에듀에서 했던 활동들이 소중하고 에듀에듀에 애정이 많이 갑니다.

제가 에듀에듀에서 교사의 꿈을 키우고 활동 하나하나를 하며 그의미를 찾을 수 있었던 것처럼 에듀에듀 후배들도 그렇게 성장하기를 바라고, 교사라는 행복하고 대단한 직업에 자부심을 가지고 꿈을 키웠으면 좋겠습니다!

에듀에듀 후배들에게

• • •

청주교육대학교 1학년 박상아

안녕하세요. 청주교육대학교 1학년 박상아입니다.

벌써 제가 고등학생을 벗어나 대학생이 되고 또 저의 후배들이 대입을 준비하는 과정들을 겪을 때가 되었다는 것이 참 신기합니다. 아마 후배 아이들은 지금도 대입을 준비하고 또 대입을 위해 열심히 공부를 하고 있겠죠. 조금의 시간도 아까웠던 시기 속에서 저는 여러분과 같이 '에듀에듀'로 꿈에 조금씩 도달해 갔고 그런 활동들은 지금 생각해도 아주 잘한 일이었다고 생각합니다. '에듀에듀'에서 했던 활동들은 제게 형식적으로 생활기록부를 채우기 위한 활동이 아니라 진심으로 느끼고 사고할 수 있게 만들어 주는 활동들이었고 이 동아리가 아니라면 스스로 할 수 없었던 활동들이었기 때문에 더욱 의미 있는 동아리가 아닐 수 없습니다.

기억에 남던 활동이 '교육봉사'가 있는데 저희 대학교는 1학년 때부터 교육실습을 하기 때문에 실습을 할 때 고등학생 때 했던 교육봉사가 생각이 나곤 합니다. 마치 교육봉사를 처음 했을 때의 설렘들, 학생들을 어떻게 대해야 할지에 대한 자잘한 고민들도 전부 비슷했습니다. 그래서 교육실습 내내 아이들과 살갑게 지내고 교육봉사에 이어 그곳에서도 역시 아이들이 좋아하는 예비 선생님(^_^)이 될 수 있었습니다.

또 기억에 남던 활동으로는 지금 대학교에서 하는 팀 프로젝트와 같은 '꽃 프로젝트'도 빠질 수 없습니다. 학교에서 학생들이 자율적으로 전 학생들을 대상으로 한 프로젝트를 진행했다? 지금 다시 그때를 생각해도 우리가 어떻게 그렇게 동기를 가지고 적극적으로 프로젝트를 참여해 끝을 맺었는지 지금의 저도 그때의 제가 참 자랑스럽기도 하고 놀랍기도 합니다. 그만큼 꽃 프로젝트는 동아리 학생들의 자율성을 존중하고 협동심과 배려, 갈등 해결, 리더십, 소통 그 외의 다양한 결여요소를 충분히 채워주는 활동이었고 채워진 요소들을 본인들이 충분히 느낄 수 있었습니다. 시작은 단순한 모방에서 시작했지만 그 과정을 준비하고 학교에 알리고 진정한 프로젝트로 거듭나니 크게 뿌듯하고 한 사회의 일원이 된 듯한 느낌을 받았습니다. 여러분들도 만약 이런 프로젝트를 진행한다면 생활기록부에 기록되는 걸 떠나서 내 자신에게 소중했던 기억과 추억으로 남게 될 거라고 생각합니다!

그리고 이 편지가 수록될 책을 만드는 일도 정말 경험하지 못할 일이었기 때문에 너무나 값진 활동이었습니다. 여러분께도 값진 활동이 될 거죠? 우리 스스로 만들어 내고 직접 출판이 되어 판매가 되어가는 전개를 보고 있으니 괜히 대단한 사람이 된 것 같고 그렇죠? 대단한 사람이 된 거예요. 마음껏 자신있어 했으면 좋겠습니다! 저희는 정말 대단한 일들을 고등학생 때 벌써 해낸 거니까요. 이 책을 자랑스러워하면 좋겠고 자랑했으면 좋겠습니다. 난 책을 만든 작가라고. 도대체 몇 명이나 되는 고등학생이 책을 만들어 봤겠어요. 우리는 특별한 소수가 되었답니다!

동아리 얘기는 이 정도로 얘기하기로 하고 사실 고등학교에서는 여러분들 스스로, 알아서 더 잘 하고 있을 거라고 생각하니까 혹시 궁금해 하실지 모르는 교육대학 이야기를 조금 할까 합니다.

　교육대학교는 정말 다 잘해야 하는 초등 교사를 위한 대학교임을 증명하듯 실로 다양한 과목들을 수강하고 활동하고 있습니다. 기본적인 국어, 수학, 영어, 사회, 과학 뿐만 아니라 실과, 미술, 음악, 체육, 토론, 교육심리, 특수교육 등 일반 대학교와는 확연히 차이나는 과목으로 좀더 여유로운 삶이나 대리출석 같은 꿈 같은 대학라이프를 생각했다면 환상이 깨질지도 모릅니다. 그러나 저희의 공통점은 모두 교사가 되고 싶은 사람들이라는 것입니다. 저희는 그것 하나를 위해 오늘도 단소를 불고 4B연필과 붓을 잡고 물구나무를 서고 암석을 분류합니다. 꿈을 위해서라면, 대학의 로망은 그리 중요하지 않잖아요? 그래도 나름의 행복이 있고 재미가 있고 보람이 있는 대학입니다…! 저도 양 많은 과제 빼고는 학생 때는 못해본 염색이나 춤, 노래 등 하고 싶은 것도 하며 살고 있고 학생으로 해야 할 것도 하고 재밌는 1학년 생활을 하고 있습니다. 여러분도 이제 얼마 남지 않았어요. 길다면 길고 짧다면 짧을 시간들 동안 좋은 성과를 거둬서 저와 조금 다른 길이어도 잘 닦여진 길을 걸었으면 좋겠습니다. 남은 시간이 고단하겠지만 파이팅해서 꼭 대학에서, 교직에서 뵈었으면 좋겠습니다! 힘내요 여러분! :)

나에게 에듀에듀란?

• • •

대구교육대학교 1학년 신예슬

에듀에듀 활동은 교육 쪽의 길을 원하는 학생이라면 충분한 값어치가 있다. 교육을 좀더 세밀하게 알아보고, 각종 교육문제에 민감하게 반응하며 탐구하고 싶은 학생이라면 고민하지 말고 이 동아리의 일원이 되기를 권한다. 내가 대학교 1차 합격 통보를 받고 면접을 갔을 때, 그리고 면접장을 들어갈 때까지 가장 많이 살펴보고, 생각하고, 의미를 되새겼던 활동은 대부분 에듀에듀에서 했던 활동이었다. 그만큼 교육대학교 진학에 있어서 가장 노력했던 활동들이 에듀에듀 동아리에서 했던 활동이라는 뜻이다. 면접관님들 또한 에듀에듀 동아리에서 실행했었던 꽃 프로젝트, 희망가방 캠페인 등에 적극 관심을 보이셨고, 이 활동의 의미, 활동을 하면서 얻은 것과 같이 가장 기본적인 질문임에도 내 이야기를 듣고 싶어 하셨다. 또한 내가 자기소개서에 썼던 교사상이나 내 가치관 등은 대부분 에듀에듀 동아리를 하면서 배웠거나 구체화시킨 것들이었다.

이동진 선생님께서는 나에게 에듀에듀라는 동아리에 대학 진학에 있어 어떠한 도움이 되었는지를 쓰라 하셨다. 그러나 나는 에듀에듀라는 동아리의 의미가 대학 진학에서 그치는 것이 아니라 현재 내 교대 생활, 실습 기간까지 영향을 줄 것이라 단언한다. 에듀에듀를 통해서 나는 작게는 나의 교사상, 크게는 교육방법까지 서툴지만 고민해 보고, 생각해 볼 수 있었기 때문이다. 에듀에듀에서 한 가장 기본적이고 지속적이었던 토론 및 토의 활동, 그 활동을 위해 감상했던 다큐 및 여러 영상들은 아직도 생생하다. 하지만 에듀에듀 활동 중 가장 기억에 또렷이 남는 활동은 희망가방 캠페인이었고, 이 캠페인은 나의 자부심이었다. 이 활동으로 인해서 아무런 제약없이 학업에 몰두할 수 있는 아이들 외에도 학업 기회가 부족해 애초에 공평한 출발이 불가능한 저소득층, 저개발국가 아이들의 교육까지 관심을 가지게 되었다. 나는 현재 매주 금요일마다 직접 초등학교에 가서 교육현장을 느끼고, 아이들과 익숙해지는 연습을 하고 있다. 나는 초등학교 3학년 교실을 들어가는데 아이들이 어린만큼 밝고 활기차다. 멀리서 보면 모두가 문제없이 공부를 하고, 발표를 하지만 가까이서 보면 마냥 희극이지만은 않다. 이 중에는 초등학교 3학년 학생이 혼자 걸어오기에는 조금 버겁지만 집안 사정으로 다른 방도없이 매일 지각하는 한 여자아이가 있다. 현재 4주차 봉사를 마쳤지만, 이 학생을 내가 교직생활에서 마주쳤다면 어떤 대안을 취해 주었을까 확신이 서지 않는다. 하지만 에듀에듀 동아리에서 끊임없이 되새겼던 공평한 교육기회, 평등한 교육환경을 생각하며, 나의 부족한 점을 진단하고 고치려 끊임없이 노력 중이다. 그렇다고 내가 이 교육봉사 속에서 아무런 행동도 하지 않는 것은 아니다. 나는 동아리에서 책을 읽고 발표하는 시간을 가졌을 때 '학교란 무엇인가'라는 책을 읽었고, 여기서 나온 칭찬에 대한 파트에 대해 내가 가지고 있던 관념을 완전히 깨주었다. 그리고 나는 이때 새로 알게 된 올바른 칭찬법과 그 효과를 적극 활용하려 노력 중이다. 사실 아직은 실습이 아니라 봉사를 목적으로 가는 것이기에 내가 꿈꾸고 있는 교수법이나 원하는 교실환경을 만들지는 못한다. 그러나 교생실습을 가서 내가 능동적으로 수업을 이끌고, 구성한다면 분명 에듀에듀에서의 가르침은 더 큰 빛을 볼 것이라 생각한다.

현재 내가 다니고 있는 대학교는 대구교육대학교이다. 우리 학교는 1학년 때부터 초등학생들을 가르치기에 적합한 인재를 양성하기 위한 수업을 한다. 체육, 미술, 시창, 피아노와 같은 예체능 과목들은 당연하고, 체육수업 때는 각종 육상, 체조, 심지어 수영까지 배운다. 또한 고등학교 때와 같이 사회나 과학을 선택하거나 한 쪽에 편중될 수 없기에 물리, 화학, 생물, 지구과학과 같은 모든 과학 과목 및 경제, 한국사, 세계사, 윤리와 같은 모든 사회과목을 배운다. 물론 학점도 중요한 부분이기는 하지만 다른 일반 대학교에 비해 학점의 중요성이 적기 때문에 대부분이 시험에 얽매이기보다는 각종 경험에서 나오는 의미를 찾기에 주력한다.

이와 같이 에듀에듀 활동은 고등학교 기간, 그리고 현재까지도 나의 자랑거리이자 자부심이었고, 어떻게 자신의 교육과 관련한 사상, 관념을 구체화시킬지 모른다면 동아리 내에서 공부해 보는 게 어떨까 생각해 본다.

에듀에듀에게 보내는 글

• • •

고려대학교 교육학과 1학년 민서연

안녕하세요. 고려대학교 교육학과 18학번 민서연입니다!

세명고등학교를 졸업한 지 벌써 반년이 넘었습니다. 그런데 저는 여전히 점심을 먹기 위해 급식소로 향하던 길, 수업 끝나고 기숙사로 가던 길, 담임 선생님을 만나기 위해 도서관으로 향하던 그 길이 더 익숙한 것 같습니다.

이런 기억들 속에서 가장 가슴이 두근거리는 것은 역시 금요일 저녁시간에 모여 교육 영상을 보며 이야기하고, 그 이야기 속의 아이디어를 놓치지 않으려 활동을 논의하던 바로 그 시간입니다. 아마 에듀에듀는 고등학교 3년의 '나'라는 존재 중 가장 큰 부분이었을 겁니다.

1학년 때 저는 '나쁜 선생님이 되지 않겠다'라는 마음만 갖고 동아리에 들어갔습니다. 좋은 선배들과 친구들이 함께하는 활동은 '교사'라는 직업에서 벗어나 '교육' 그 자체를 생각하게 만들어줬습니다. 책을 읽거나 영상을 보고 이야기를 나누며 '좋은 교육을 하고 싶다'라는 마음이, '교육으로 사회를 바꿀 수 있지 않을까'하는 마음이 꿈틀거렸습니다.

그 이후 에듀에듀 활동은 제게 말로 다 할 수 없는 경험이었습니다. '꽃 프로젝트'를 진행하며 학교의 잘 보이지 않는 선생님들과 소통할 수 있었고, '인공지능 시대의 교육'을 논의하며 학교의 미래를 생각해 볼 수 있었습니다. '교육봉사'를 나가면서 초등학교 아이들의 웃음을 얻을 수 있었고, '꽃은 많을수록 좋다'를 읽으며 가난이 주는 고통을 이겨낼 수 있는 공동체의 힘을 느꼈습니다.

대부분의 프로젝트에서 주도적인 역할이었고, 열심히 참여했기 때문에 스스로에게 '고생했다'는 말이 가장 먼저 나옵니다. 하지만 프로젝트를 끝낼 때마다 생긴 경험들이 지금의 나를 만들었기에, 저는 분명 그 고생들보다 값진 것을 얻었습니다.

사실 대학교에 입학하고 지금까지 정말 나태하게! 살았습니다. 고등학교 동안 너무 열심히 달려와서 수능 후 3개월은 휴식으로도 재충전으로도 충분하지 않았던 것 같습니다. 하지만 이번 여름방학에 에듀에듀 후배들을 만나며 '좋은 교육'이라는 목표를 향해 정말 열심히 살았던 제가 생각났고, 슬슬 다시 움직여야겠다는 생각이 들었습니다.

후배 여러분들도 에듀에듀라는 공간 속에서 값진 것들을 얻어가길 바랍니다! 교사상, 교육 목표, 가치관. 그 어떤 것이든 에듀에듀의 경험이 자신을 이루고 있는 조각이 되길 바랍니다! 시간이 얼마나 걸리든, 어떤 위치에 있든, 학교든 사회든 어디서든, 교육이 이루어지고 있는 곳에서 여러분들을 만날 수 있었으면 좋겠습니다!

에듀에듀 후배들에게

• • •

연세대학교 아동가족학과 1학년 정혜인

안녕하세요, 에듀에듀 후배 여러분?

저는 2018년도 세명고등학교 졸업생 정혜인입니다. 세명고등학교에 입학해 에듀에듀 활동을 해온 지가 엊그제 같은데 벌써 졸업 후 1년이 다 되어가네요. 대학 입시 준비를 위해 내신, 모의고사, 수행평가를 하면서 바쁘고 힘들게 지내 온 고등학교 생활 중 에듀에듀는 제게 보람과 성취감을 안겨준 활동이었습니다. 막연히 교육의 전반적인 문제에만 관심을 가지고 있던 제게 좋은 선후배, 친구들과 함께하는 활동들은 사소한 교육 문제부터 정책까지 교육과 관련된 여러 분야를 다양한 관점으로 바라 볼 수 있는 안목을 길러줬습니다. 특히 꽃 프로젝트와 희망 가방 만들기 등의 장기 프로젝트는 협동심을 기를 수 있었고, 오랜 기간 함께 진행한 만큼 성공적으로 마무리했을 때 다 같이 느꼈던 그 성취감은 아직도 생생합니다. 실제 이 활동들은 굉장히 인상 깊었기 때문에 대학 면접에서 가장 의미 있는 활동 중 하나로 언급하기도 하였으며, 덕분에 대학에 합격해 현재 즐거운 대학 생활을 하고 있습니다! 후배 여러분들도 대학입시와 성적 고민으로 인해 앞날이 걱정스러워 잠 못 이루고, 시험이 다가오지만 공부가 정말 하기 싫은 날들이 있을 겁니다. 그렇게 힘들고 막막한 와중에 에듀에듀에서

다른 사람들과 생각을 나누며 자신의 견문을 넓히고, 관심있는 '교육'
이라는 측면에 대한 활동을 통해 성취감을 느끼며 활력을 되찾으면
좋겠습니다. 여러분이 생각하는 것만큼 대학은 자유로운 생활을 할
수 있습니다. 여러 지역에서 모인 다양한 사람들과 함께 시간을 보내
며 그들과 여러 경험을 공유할 수 있고, 축제나 동아리 활동 등 지금
까지 경험한 것과는 또 다른 즐거움을 느낄 수 있을 것입니다. 고등학
교 3년, 힘들지만 열심히 생활하여 다들 원하는 대학과 원하는 과에
입학해 에듀에듀에서 보고 배운 '교육'을 바탕으로 더욱 깊이 있는 학
문 추구를 통해 진정한 교육자의 길로 나아가길 바랍니다.

김민서

처음 편집위원을 하기로 했을 때 기대감도 있었지만 잘할 수 있을까? 힘들지 않을까? 하는 걱정이 있었다. 하지만 걱정과 달리 지우 언니, 설희 언니, 민경이, 유진이와 함께하여 수월하게 할 수 있었다. 편집하며 지금까지 우리 동아리에서 한 활동들을 되돌아볼 수 있는 시간을 가질 수 있어서 의미 있는 시간이었고, 어떤 활동 작품을 넣을지 고민하고 선택하는 과정에서 힘들었지만 선택하기 힘든 만큼 지금까지 한 활동들이 많은 것 같아 뿌듯하였다. 책을 편집하며 고민하고 노력한 만큼 멋진 책이 만들어졌으면 좋겠다.

류설희

에듀에듀 활동을 하면서 책을 직접 만드는 시간을 처음으로 접해 보았는데 이러한 기회는 나에게 값진 추억을 선물해 준 것 같다. 편집위원을 대표로 맡아서 한다는 것은 부족한 점이 많은 나에게 어렵고 힘든 결정이었으며 무거운 짐을 싣는 것과 같은 의미였다. 그래서 많은 고민을 하여 편집위원 맡게 되었고 어려운 결정인 만큼 열심히 하기로 다짐했었다. 편집하는 과정에서 대부분 시간을 썼던 에듀에듀 동료들의 글과 그림을 고르는 것이 많은 것을 고려해야 했기 때문에 가장 힘들고 고된 시간이 되었다. 부족한 시간 탓에 급한 마음으로 자신의 시간까지 쏟아부었던 에듀에듀 부장이자 최지우 편집위원장이 대단하고 그 친구에게는 정말 소중하고 의미 있는 추억이 되지 않을까 싶다. 지우가 없었다면 우리는 발한 걸음도 움직이지 못하고 동동거렸을 것이다. 지우에게 고맙다는 말과 모두에게 수고했다고 편집후기를 통해 내 마음을 전한다.

서유진

고등학교 입학 후 첫 동아리인 에듀에듀에서 활동내용을 모두 담은 책을 편집하게 되어 영광이다. 1년 동안 활동했던 내용을 책 편집을 하면서 다시 되돌아보면서 학기 초보다 성장한 나를 느끼게 되었다. 편집하는 법을 잘 몰라서 어리둥절할 때 도와주셨던 언니들께 감사하다는 말씀을 전하고 싶다. 앞으로도 에듀에듀 활동을 하면서 교사의 꿈에 한 걸음씩 나아갈 수 있도록 노력해 나갈 것이다.

안민경

내가 책 편집을 하게 되다니! 평소에 쉽게 해볼 수 없는 경험이기에 설레는 마음 반, 걱정스러운 마음 반으로 편집을 시작하게 되었던 것 같다. 아니, 사실은 걱정이 조금 더 앞섰던 것 같다. 올 한 해 모두의 노력을 내가 직접 하나의 결과물로 만든다고 하니 잘해야겠다는 책임감이 새로운 것에 도전한다는 설렘보다 먼저 나를 덮쳐온 것 같았다. 그만큼 목차를 정하고 그에 맞는 사진과 글을 선택하고 수정하기까지 많은 시간이 들었다. 다른 교실의 전등이 하나, 둘 꺼지고 불이 켜진 교실이 몇 개 없을 때까지 남아 편집을 진행했다. 무엇보다 각 목차에 해당하는 글을 고를 때 가장 오래 걸렸다. 모든 글 하나하나가 전부 동아리 부원들의 정성이 들어간 글이기에 쉽게 정할 수 없었다.

이제 우리의 노력의 결과가 눈앞에 보이려 한다. 벌써 뿌듯함이 밀려오는 것 같다. 마지막으로 이 책을 읽게 될 누군가에게 일상의 조그만 행복을 줄 수 있길 바라며 이만 글을 마친다.

최지우

'구름 한 점 없는 맑음 2'가 탄생하기까지 많은 사람의 도움이 있었다. 아람 언니, 윤지 언니, 수민 언니, 윤주 언니, 본수, 설희, 지호, 진배, 지현, 현아, 민서(김), 유진, 도홍, 민경, 인정, 민서(윤), 민지 모두 열심히 활동해 주었기 때문에 멋진 책이 나올 수 있었던 것 같다. 특히 편집위원들에게 고맙다는 말을 하고 싶다. 설희와 민서, 유진, 민경이 모두 자신의 몫을 잘 해준 덕분에 촉박한 시간임에도 불구하고 잘 마무리할 수 있었다. 그리고 항상 에듀에듀를 위해서 열심히 뛰어다니시는 이동진 선생님께도 감사하다는 말씀을 드리고 싶다. 책 제목인 '구름 한 점 없는 맑음'은 지금은 졸업한 에듀에듀 선배의 봉사 일지에서 따온 말이라고 한다. 교직에 서 있을 우리의 미래도 구름 한 점 없이 맑기를 소망한다.

편집위원 : 최지우, 류설희, 안민경, 서유진, 김민서(좌측 아래부터 시계방향 순)

총괄 : 최지우